~チートスキルと勇者ジョブを隠して第二の人生を楽しんでやる!~

なんじゃもんじゃ

イラスト:ゆーにっと

3

CONTENTS

プロローグ　過去と未来に想いを馳せる

いきなりだが、俺は貴族になった。

盗賊団の壊滅にこっそり手を貸したら名誉男爵に叙爵され、悪魔を倒したら名誉がとれて男爵になった。

やらかした自覚はある。

でもさ、盗賊はアンネリーセとの楽しい生活を壊しにきそうだったから、潰したにすぎない。あくまでも俺の生活を優先した結果なのだ。

悪魔は倒したら宝珠が手に入る。これは俺の物欲をくすぐるアイテムで、精霊を召喚できるんだ。欲しいじゃないか。

そしたら、王都からお呼びがかかってしまった。そういうの要らないと言っても、向こうは俺を放っておいてくれない。

それで不本意ながらガルドランド公爵と王都へ向かうことになったんだ。

貴族になってよかったこともある。

悪魔を倒した（公爵たちは撃退したと思っている）ことで、アンネリーセを奴隷から解放できたのだ。

事故を起こして多くの人に迷惑をかけたことで奴隷に落とされたけど、悪魔撃退の功績によってアンネリーセは奴隷から解放された。

貴族になって面倒なこともあったけど、アンネリーセを奴隷から解放できたのだから悪いことばかりではない。

公爵とのパイプがなければ、これほどとんとん拍子に話は進まなかっただろう。

悪魔は滅多に現れないらしいけど、この短期間に二度も遭遇するとは、俺は運がいいのか悪いのか。

運が良いのだと考えるべきか。何せ俺にとって悪魔はただの糧でしかない。しかも、倒すのに苦労しないのに、宝珠という貴重なアイテムをくれるのだ。これからも悪魔に出遭ったら、積極的に狩らせてもらおうと思う。


さて、王都で何をして、何が起こるのか。


俺としては王都のダンジョンに入ってみたい。貴族になっても俺は探索者なのだから。

それにまだ力が足りない。公爵はある程度俺に自由を与えているけど、王家が同じとは限らない。

だからダンジョンに入って力をつけ、ある程度のことなら撥ねつけられるだけの力が欲しい。

俺がこの世界に転生した時、自由に生きると誓った。だから、自由を確保できるだけの力をつけないといけないのだ。自由を謳歌するには、力が必要。どんな世界でも、これは変わらないものだろう。

もちろん、力を無暗に振るうことはしない。それをやったら赤葉と同じクズに成り下がる。俺は、クズになるつもりはない。

とにかく、王都でもケルニッフィでもダンジョンがあるなら入る。そして力をつけるんだ。誰も俺を縛れないくらいの力を手に入れてやる！


王都には勇者がいる。前世のクラスメイトたちだ。その中には俺に酷い暴力を振るっていた、赤葉たちもいる。

あいつらに近づいたら、前世の俺とは分からなくてもウザ絡みしてくるんだろうな。その様子が目に浮かぶようだ。あいつらなら、相手が貴族だろうが関係なく絡むはずだ。

俺が男爵でも関係ないんだろうな～。


朝のまどろみの中でそんなことを考えていると、窓の外に白いものがちらついているのが見えた。どうやら、昨夜から雪が降り出したようだ。どうりで冷えると思った。


フットシックル家の屋敷内の庭は、雪によって真っ白に彩られていた。

屋敷の三階の寝室のベランダから町を見ても、いつもより人通りが少ない。

「異世界初の雪景色も乙なものだな」

この世界に転生させられて二カ月半。最初は風呂はないしトイレも何かの葉で拭く形だったからどうなるかと思ったものだが、気がつけば快適に過ごせている。

「暖炉を用意しますね」

アンネリーセが暖炉に薪を入れようとしていたのを止める。

「すぐに一階に行くからいいよ」

「ですが、お着替えの時に寒いですよ」

「アンネリーセが暖めてくれるから大丈夫」

「まあ、ご主人様ったら……」

またご主人様と言う。癖なんだと思うけど、トーイと呼んでほしい。でも頬を染め恥じらうアンネリーセは、とても愛おしい。

アンネリーセに着替えを手伝ってもらう。もちろん俺もアンネリーセの着替えの手伝いをする。

今日はゴルテオ商店に行こうと思っている。

「雪はもっと積もるかな？」

「この時期の雪はあまり積もりません。そろそろ止むのではないでしょうか」

雪の中大変だと思うけど、馬車を出してもらおう。

「準備できたらゴルテオ商店に行こうと思う」

「それでしたら呼んだらどうでしょうか？　貴族は商人を呼ぶものですよ」

「ずっと屋敷の中にいても気が滅入るから、外に出たいんだ」

三日後に王都へ出発する。それを考えると、気が滅入る。だから気晴らしに外に出たい。

朝食を食べるとアンネリーセと共に馬車に乗る。朝食中に雪は止んだ。十センチほど積もった新雪の上をブーツで歩くと、子供に返ったように走り回りたくなったが、我慢した。

御者はいつものジュエル。護衛にジョジョクとロザリナがつく。

二頭の巨馬が牽く馬車は、今日も地面の感触を尻に伝えてくる。貴族用の馬車でも、乗り心地は最悪だ。これでも、公爵が乗る馬車には敵わないとはいえ、良いものなんだけどね。


屋敷で見たように今日の人出は少ない。

「これからどんどん寒くなり、雪が降る日も多くなります。人々はあまり外に出なくなり、露店などもかなり少なくなります」

「そうか……ああ、そうだ。池イカの姿焼きを買おうか」

露店と聞いて池イカの姿焼きを売っているおじさんの顔が浮かんだ。そろそろおじさんが露店を出している辺りか。雪で出てなかったら諦めるが、そうでないなら買っていこう。

アンネリーセも池イカの姿焼きが嬉しいようで、目じりが下がっている。

池イカはゲソがアンネリーセは好きらしいけど、俺はどっちも美味しいと思う。

ジュエルに池イカ焼きの露店の前で止めてほしいと頼むと、ほどなくして馬車が止まった。

「お、いつかのお嬢ちゃんか！」

「控えろ。フットシックル男爵であるぞ」

ジョジョクがおじさんを威嚇するから、それを止める。

「お貴族様で……」

「今まで通りでいいよ。でも俺、男だから（笑）」

「えぇ……これはすんません」

バツが悪そうに額に手を当てる。そんなことで怒らないからいいよ。それにお嬢ちゃん枠でサービスしてもらってたからね。

「いいの、いいの。今日は池イカの姿焼きとゲソ焼きを十本ずつもらうよ。ちゃんとお金払うからね」

「お貴族様がこんなところで買い食いしていいんですかい？」

「今さらだよね」

「それもそうですね」

おじさんは急いで十本ずつ焼いてくれた。

アンネリーセはやっぱりゲソを取った。ロザリナは姿焼きのほう。ジョジョクとジュエルは遠慮したが、姿焼きを無理やり持たせた。

「美味しいです」

「ああ、本当に美味（うま）いな」

おじさんにまた寄ると言うと、苦笑して「へいっ」と返事した。

ゴルテオ商店に入ると、すぐにゴルテオさんがやってきた。ゴルテオさんは気配感知を持っているんじゃないかと思うほど、毎回すぐに出てくる。

簡単な挨拶を交わして、案内をしてもらう。

「こちらが布から下着、ドレスまで服飾系のものを揃えたエリアになります」

「デザイナーや針子さんはいませんよね」

「針子は工房におりますが、デザイナーでしたらこちらにおります」

なんとデザイナーは常駐なんだね。

「お客様の要望を聞き、絵に起こすのはデザイナーでないと難しいですから」

それもそうか。さっそくそのデザイナーに会わせてもらった。デザイナーは三十歳前のピンク髪の綺麗な女性で、スタイルもいい。名前はキャサリンという。


個室に場所を移して、キャサリンさんにアンネリーセ用のブラジャーとパンティをデザインしてもらう。

「女性用の下着で――」

身振り手振りを交えてできる限りイメージを伝える。

何度も描き直してもらって、いい感じのデザインができた。

「この下のところにはワイヤーを入れて――」

細かい指示をする。素材はシルクで試作品ができたら屋敷に持ってきてくれることになった。

それから俺用に忍者のようなネタ服、アンネリーセ用にゴスロリ系からフェミニンな服、某アイドルグループが着ていたような衣装までいくつか描いてもらい、それもできたら屋敷に持ってきてもらう。

「三日後に王都に出発しちゃうから、帰ってくるころまででいいよ」

「下着の試作品なら明日にでもお持ちできると思います」

下着のデザインは五つあったけど、一日で作れるらしい。ジョブ補正なんだと思うが、出来上がりが楽しみだ。

「そりゃあ凄いね。明日を楽しみにしておくよ」

「こんな真新しいデザインを手がけられて、男爵様には感謝しております」

キャサリンさんは俺が頼んだデザインを見て、凄く気合が入っている。


翌日、午前中にキャサリンさんがやってきた。ゴルテオさんも一緒だ。

ゴルテオさんは俺に話があるということで、キャサリンさんには別室でアンネリーセの下着の試着を見てもらい、不具合などを確かめてもらうことにした。

「あの下着やドレスのデザインはとても斬新です。トーイ様さえよろしければ、商品化させていただきたいと思っています」

ゴルテオさんがやってきたのは、商談のためだった。日頃お世話になっているし、俺は構わない。むしろ女性はあのような下着をつけたほうがいいはずだ。

コルセットもあるらしいが、あんなもので締めつけたら体に悪いと思うんだよ。

「構いませんよ」

「では、売り上げの十パーセントをトーイ様に上納するということでいかがでしょうか？」

ごねたらもっと率を上げてくれそうなゴルテオさんだけど、お金が欲しくて許可したわけじゃないからそれで構わない。

魔法契約書で契約を交わした。さすがはゴルテオさんだ、準備がいい。

「旦那様。奥様の試着が終わりましたとのことで、確認をしていただきたいそうです」

メルリスが俺を呼びに来たから、アンネリーセが待つ部屋に。

「おおおっ。ビューティフル、エレガント、グゥウゥッレイトッ！」

美の女神がそこにいた。

「恥ずかしいです」

もじもじするアンネリーセもいいものだ。

零れそうで零れないたわわなＯＰＰＡＩ。動いてもしっかりとブラに収まっている。パンティも素晴らしい。俺のイメージ通りのものを作ってもらえた。

五種類の下着を全部着てもらった。どれも素晴らしい。

「この五種類の下着の色違いも作ってもらえるかな」

今は白ばかりだ。

「赤、黒、青、黄などの色を揃えてほしい。できるかな？」

「さすがフットシックル男爵様です！　私も色のバリエーションを考えていましたのです」

「王都から帰ってくるのはかなり先になる。それまでに納品しておいてくれればいい」

「承知しました」

そこで俺は気づいてしまった。メイド長のメルリス、おっちょこちょいメイドのケニーが羨ましそうにしているのだ。

「キャサリン殿。うちの女性陣の下着も全種類全色納品してくれ」

「旦那様。私たちは」

メルリスが断ってくるが、俺はそれを手で制す。

「メルリスもこの下着をつけて、モンダルクを悩殺してやるといい」

「ご冗談を……」

そんなことを言いながら、まんざらでもなさそうなんだけどね。

「ケニーは見せる相手を見つけないとな」

「わ、わたしゅまでいいのでしゅきゃ」

カミカミだ。それほど嬉しいということだろう。

「ロザリナたちも呼んできて、皆でサイズを測ってもらうといい」

「「ありがとうございます」」

ケニーはロザリナたちを呼びに行く。

俺は再びゴルテオさんのいる応接室に入り、モンダルクが淹れてくれたお茶を飲みながら談笑する。

あの下着を着たメルリスを見たモンダルクがどんな顔をするか、見てみたいな。ははは。

一章　王都へ続く道

転生七十五日目。今日は王都へ出発する日だ。

俺とアンネリーセは、ジュエルが御者をする馬車の中。ガンダルバンとジョジョク、リンは軍馬に乗り、ロザリナとソリディアは荷車の御者席、バースは俺が乗る馬車の屋根の上だ。

俺とバースにはアイテムボックスがあるから、荷車はダミーだ。荷物を運んでますよとアピールしている。

公爵のほうはバルカンの長男イージスが指揮する一個連隊およそ六百人に護（まも）られて、豪華絢爛（ごうかけんらん）な馬車で街道を進んでいる。

イージスもそうだが、騎士たちは軍馬に乗っている。百頭を超える数の軍馬だ。

兵士は歩きではなく、荷車に分乗している。だから荷物を載せた荷車と合わせると、荷車の数も百台近くになる。

公爵家の馬車は公爵が乗るものと、その奥方たちが乗るもの、さらに子供が乗るものがある。それだけで八台の馬車が用意されている。今回の公爵は五人の妻を連れてきている。まったくリア充野郎め。

馬車の旅は結構ハード。一日目にして俺の尻は皮がめくれてしまったのではと思うような状態だ。最悪。

王都とケルニッフィ間は馬車で十二日の旅らしい。十二日も馬車に乗りっぱなしとか拷問だと思う。振動でお尻が割れそうだ。

公爵は毎年王都へ行って、国王に謁見（えっけん）して新年の挨拶をするんだとか。

例年、新年をケルニッフィで迎え、大評議会を行ってから出発するらしい。

それで一の月の三十日目の謁見に間に合うが、今年は公爵がケルニッフィに帰ってから大評議会が行われるのだとか。

今回は悪魔を討伐したフットシックル男爵とその配下に、国から褒美が出るということでいつもより早めに王都入りすることになった。

公爵麾下（きか）の貴族も公爵と共に謁見するが、こちらは半数になる。麾下の貴族が全て領地からいなくなるのはマズいから隔年で半数ずつが謁見するんだとか。

今年は悪魔騒動があったから、バルカンはケルニッフィでお留守番になる。昨年謁見したらしいから、丁度よかった。

他の貴族も一の月から二の月の間で謁見するから、その時期の王都は貴族で溢（あふ）れかえるんだとか。

旅の途中に貴族の屋敷や城があると、そこに泊まる。一日目は公爵麾下の貴族の屋敷に泊まることになった。

多分百キロメートルくらい移動したと思う。それでも公爵の領地なんだ。広いね。

「ようこそおいでくださいました、閣下」

玄関前で公爵を出迎えるのは、この屋敷の主（あるじ）であるバッカス子爵。背はあまり高くないが、がっちりとした体形の赤毛髭面（ひげづら）の中年男性だ。

まさかと思ったが、この人ドワーフだ。ドワーフといえば、背が低いイメージを持っていたけど、俺と同じくらいだからそこまで低くない。四十歳くらいだと思っていたら、詳細鑑定で見るとなんと百二十歳だった。

「バッカス子爵か、出迎えご苦労」

「はっ」

バッカスの値踏みするような視線が、俺に向けられる。

「初めまして、バッカス子爵。私は先ごろ男爵に叙されましたトーイ＝フットシックルです。以後、お見知りおきください」

「フシュルム＝バッカスだ。よく来られた。歓迎する」

挨拶して握手する。ドワーフだからもっと豪快かと思ったけど、普通の人だった。

バッカスは公爵を屋敷の中に誘った。かなり大きな屋敷だ。俺の屋敷も大きいと思ったが、こっちはその数倍ある。毎年公爵一行を迎えているらしいから、多くの貴族が泊まれるように大きな屋敷になっているんだろう。

今回は公爵に俺と数人の貴族だけが従っているが、準備が間に合わなかった他の貴族は後から王都へ向かうらしい。

俺はあてがわれた部屋で寛ぐ。アンネリーセとガンダルバン、ジュエルが部屋に入っている。ロザリナ、バース、リン、ソリディアは別棟の兵士用の部屋で控えている。さすがに全員では領主の屋敷に泊まれないようだ。

青柳色の髪のジュエルがお茶を淹れてくれる。美味しいお茶だ。モンダルクが仕込んだだけのことはある。

屋敷でのジュエルは庭師や厩番のようなことをしているが、本来は執事見習いだ。人を雇うようにモンダルクに言ってあるが、モンダルクのお眼鏡にかなう使用人はなかなか現れない。

同時にガンダルバンにも兵士を数人増やせと言っているのだが、こちらも簡単には増えない。最低でも剣士や槍士、騎士、弓士などじゃないといけないから、簡単ではないのだとか。

いっそのこと村人の奴隷を購入して育てようかと思っている。奴隷という言葉は嫌いだが、俺の思っているような奴隷制度ではないから少し考え方を柔らかくするべきかなと考えている。

「ジュエルは執事に転職してから何年になるんだ？」

ジュエルのジョブは執事ではなくバトルバトラー。戦闘ができる執事だ。

バトルバトラーはナイフや暗器などで戦闘するため、暗殺者よりも暗殺者っぽい。

「かれこれ五年になります」

ジュエルの年齢が十七歳だから十二歳の時に転職したのか。当然ながらそれ以前から執事見習いをしていたはずだ。それでまだ見習いとか、モンダルクは厳しいな。

「そろそろ見習いを取ってもいいんじゃないか」

「私などまだまだですから」

ジュエルは苦笑するが、まんざらでもないようだ。ケルニッフィに帰ったら、モンダルクに言っておこう。

夜はバッカスの歓待があった。公爵やバッカス、他の貴族たちが勢揃いで食事をするんだが、料理が豪快だ。

何かの鳥や豚の丸焼きがデーンとあって、料理人たちが切り分けていくスタイル。野菜はなく酒と肉だけの宴である。

こういった料理は、俺の中のドワーフのイメージそのものだ。ちょっと嬉しい。

バッカスは骨付き肉を豪快に手掴みで食べているが、公爵や他の貴族はナイフとフォークを使っている。郷に入っては郷に従えと言うし、俺も手掴みで骨付き肉にかぶりつく。

「美味い」

バーガンと砂糖だろうか、甘辛いタレが絡んでいて照り焼きみたいだ。

「フットシックル男爵もいける口だな！」

「バッカス子爵の真似をしてみただけです」

「気に入った。飲め！　どんどん飲め！　この酒はドワーフの国以外ではワシの領内でしか造ってないものだ。美味いぞ！」

銀製のジョッキになみなみと注がれた琥珀色の酒。アルコール臭が鼻に刺さるようにキツい。

詳細鑑定で確認したら、ドワーフ殺しという酒だった。アルコール度九十パーセント……。ほぼアルコール。

「それでは……」

まさかドワーフ殺しと言われる強い酒が、人生で初めて飲む酒になるとは。

ゴクッゴクッゴクッゴクッ……。美味い。

だが一拍置いて……ウガーッ⁉　喉が焼ける！

最初は凄く飲みやすいと感じたけど、直後に喉が焼かれているような熱さを感じた。

「がーっはははは！　まだまだだが、ヒューマンでそれを半分も飲めたのは、褒めてやろう！」

ヒューマンが飲めないような酒を出すな！　そう声に出そうとしたが、声が出ない！

くそっ、こうなったらヤケ酒だ！

ゴクッゴクッゴクッゴクッ。

「お、やるじゃないか！　よし俺もだ！」

バッカスが銀ジョッキを傾けていく。いい飲みっぷりだ。

「つぷっはーっ。美味い！」

俺も負けずに飲む。

「おい、フットシックル男爵。大丈夫なのか」

公爵が何か言っている。あんたも飲めよ。これ、最初は美味しいよ。最初だけね。

あれ、視界がグルグル回る。

「がーっはははは。ドワーフ殺しを飲み干したんだ。フットシックル男爵、いや、トーイは俺の友だっ！」

バッカスが何か言っているが、それどころではない。

「………」

気持ち悪い。ここはどこだ？　知らない天井だ。

「目が覚めましたか」

アンネリーセが俺を見下ろしている。

「綺麗だ」

気分が悪くても、アンネリーセが美しいと思う美的感覚は鈍っていないようだ。

「ありがとうございます。ですが、そろそろ起きないと出発の時間に間に合いませんよ」

出発？　何それ？

「起こしますね」

アンネリーセが俺の首の下に腕を差し込んできて、俺の上半身を起こす。

OPPAIが顔に当たる。普段なら至高のひと時なんだろうが、今はそれどころではない。

「うっ、気持ち悪……」

「ドワーフ殺しなんか飲むからですよ」

「ドワーフ殺し……」

思い出した。バッカスに負けじとあの酒を飲んだのだった。

頭がガンガンする。気持ちが悪い。今日は一日ベッドで寝ていたい。

「このまま寝ていたらダメかな」

「ダメです。これに懲りたら、無茶な飲み方はしないでくださいね」

OPPAIグリグリの刑ですか。嬉しいはずなのに、酷い気分だ。

「……分かった」

無理やり体を動かすが、その度に胃の中のものが食道を逆流してくる。何度か吐きながら顔を洗って着替える。

吐いたおかげで少しだけマシになったが、気分が悪いのは相変わらずだ。

「食べたくないでしょうが、これを食べてください」

アンネリーセがリンゴをすり下ろしてくれた。

「要らない」

さすがに食欲はない。

「わがままを言わないで食べてください」

アンネリーセがスプーンにリンゴを掬(すく)って、俺の口に近づける。

「アーンしてください」

「……アーン」

味なんて分からない。喉を通った感覚もない。だけど胃に入った感触はあった。また込み上げてきそうだ。


「がーっはははは。酷い顔だな、トーイ！」

バッカスはご機嫌だった。なんで名前呼びなんだよ？

「ほれ、これでも齧(かじ)っておけ」

レモンを渡された。俺、妊婦じゃないけど。

どーでもいいけど、背中を叩(たた)くな。胃の中のものが出てきそうだ。

「気に入られたようですね」

バッカスが自分の馬車に乗り込んだのを見たアンネリーセが口を開く。

「ドワーフは酒飲みを友と呼びますからな」

ガンダルバンが呆れた顔で俺を見る。

どうやら俺はバッカスの友になったようだ。勘弁してくれ。

転生七十六日目は酷い一日だった。馬車の中で何度も吐いた。アンネリーセに介抱されるのは悪くないが、最悪の一日だった。


王都への旅の間、バッカスがやたらと絡んできた。毎回ドワーフ殺しが出てくるのには辟易だったが、おかげで酒に強くなった気がした。それでもバッカスの飲み方にはついていけない。

バッカスは寝起きに一杯、馬車に乗っていても飲んで、食事中も飲む。ふざけるな、この野郎と言いたかった。

そんなこんなで王都に到着したのは、転生八十七日目のことだ。途中は何事もなかったから、予定通りの到着だ。


酒のことがなくても十二日もかかって、やっとのことで王都に到着したのだが、ケルニッフィからだとまだいいほうらしい。遠い場所の貴族なんか、二カ月くらいかかって王都にやってくるらしい。どんだけ遠いんだよ……。

ケルニッフィから王都に向かう間に、俺はこの世界で初めて新年を迎えた。

特に宴会があるわけでも祝うわけでもない。十二の月の三十日目から一の月の一日目は宿屋の部屋の中で、退屈な時間が過ぎていったのを覚えている。

もっともバッカスだけは毎日宴会だった。それに付き合わされる俺の身にもなってほしい。公爵たちはよい飲み相手ができたと、バッカスを俺に押しつけてくれた。この件に関しては、いつか借りを返してもらうつもりだ。覚悟しておくといい。

オーダ王国最大の都市、それは言うまでもなく王都マルガスだ。人口はケルニッフィを上回る二十五万人。

この王都にもダンジョンがある。なんでもそのダンジョンでモンスターの大量発生が確認されたとか。これを放置するとモンスターが地上に放出されるから、勇者召喚を行ったらしい。

そんなものは、自分たちでなんとかしろ。それを考えて、兵士や騎士を育てろと言いたい。

しかし期待していた勇者たちがあまり育っていないらしい。勇者とその仲間たちのダンジョン探索は、まだ四階層のボスを倒してやっと五階層に至ったところらしい。

なんの支援もない俺が七階層のボスを倒しているのに、あいつらはなぜ五階層止まりなのかと首を傾げる(かし)ばかりだ。

五階層の探索をしているのは、イツキ＝ミズサワが率いるパーティーらしい。

前世では、水沢(みずさわ)は真面目な印象があった。もしかしたら、石橋を叩いて渡る感じでダンジョン探索をしているのかな。

また、シンジ＝アカバがリーダーをしていたパーティーは、空中分解して三つのパーティーに分かれたそうだ。

ハヤテ＝ウチダとサダオ＝ツチイがメンバーを引き連れてシンジ＝アカバのパーティーから独立したというのが正しいか？

どっちでも構わないが、この三人の名前はよく覚えている。シンジ＝アカバの名前は特に。

そのシンジ＝アカバは一人でダンジョン探索をしているらしい。なんでそうなったかというと、暴君だからだろう。

あいつは日本にいた時もやりたい放題だった。父親が国会議員で祖父が大企業の社長らしく、誰も逆らわなかった。

子供が悪さをしたら叱るのが親なのに、シンジ＝アカバの親は彼を叱らない。それどころか悪さをしてもそれを揉み消すのに権力を使っていた。

選挙の時だけヘラヘラして頭を下げるのに、陰では色々悪いことをしていたようだ。

そんな勇者のことはどうでもいい。俺は奴らと関わる気はないのだから。絡まれたら、全力でこれを排除するだけだ。

転生八十八日目。公爵は忙しそうにしているが、俺は時間を持て余している。

俺たちは公爵の屋敷に逗留している。そこは王族が暮らす宮殿のような城のすぐ横にある大きな屋敷だ。

公爵麾下の貴族は、自分で屋敷を持っている人は別として、ほとんどが公爵屋敷に逗留する。そのためか、公爵家の敷地には別棟がいくつもある。

俺たちも別棟を一棟借りているんだが、どうにも大きい。ケルニッフィの俺の屋敷よりはやや小さいが、それでも大きい。手持ち無沙汰だな。

王都見物に出ることにした。馬車で町に出て色々見ていく。

ゴルテオ商店の王都本店が見えたので、寄ってみる。ケルニッフィの店よりも大きな店だ。さすがは本店だ。

「いらっしゃいませ」

入店するとすぐに茶髪でスタイルの良い女性店員が寄ってくる。こういうところは、ケルニッフィの店と一緒だ。店員教育がしっかりしているのだろう。

「王都に来たばかりなんだ。最近王都で流行っているものとかあるかな？」

「それでしたら、石鹸などいかがですか？　最近一番売れている商品です」

「石鹸!?」

まさか石鹸があるのか？　公爵領の貴族に聞いても石鹸のことは知らなかった。それが王都で出逢えるとは……。って、これどう考えても、勇者絡みでしょ。

「どうかしましたか？」

「いえ、なんでもないです。その石鹸を見せてもらえますか」

女性店員に見せてもらう。固形石鹸で拳大の大きさのものが木箱に入って売られていた。

有名な青い箱に入った石鹸のような香りがする。

見れば、シャンプーとトリートメントまで売っていた。ここは宝の山か!?

「これはケルニッフィの店でも扱う予定はあるかな？」

「はい。その予定で生産させております」

それは僥倖！

「ここにある石鹸を三十個、シャンプーとトリートメントを十個ずつもらいます」

「ありがとうございます」

地味な顔立ちだが、スタイルの良い女性店員が微笑む。

「他に流行っているものは、何かありますか？」

「最近入荷した魔剣などいかがでしょうか？」

「魔剣か……とりあえず見せてください」

女性店員についていくと、そこには見知った魔剣があった。俺がエンチャントした魔剣だ。

「この魔剣は製作者不明のものです。ですから他の魔剣よりはお安くなっております」

うん知ってる。ゴルテオさんがそう言っていたからね。

「その魔剣はすでに持っているんだ、すまないね」

「いえ。滅相もございません。わたくしのほうこそ、お役に立てずに申しわけございません」

これで帰ったら女性店員が落ち込みそうだ。そこでアンネリーセにドレスを買うことにした。

「この色はお客様の美しい金髪をより引き立てると思います」

淡いピンクのドレスだ。アンネリーセなら何を着ても綺麗だけど、可愛いドレスだから購入決定。

「こんな綺麗なドレスをいいのですか？」

「アンネリーセにとても似合うと思うよ。ね、店員さん」

「はい。とてもお似合いですよ」

女性店員さん、ビジネススマイル全開だ。

「これ、彼女用に調整してくれるかな」

「承知しました」

女性店員とアンネリーセがフィッティングルームに入っていく。

「トーイ様。どうでしょうか？」

ドレスを試着したアンネリーセが、恥じらいながらその姿を見せてくる。美しいの一言だ。アンネリーセの金髪にも合うが、白い肌にもよく合う。ちょっと胸元が開いているから男たちの視線が気になるが、似合っているから文句はない。

「アンネリーセ様の美しさもさることながら、下着がとても素晴らしいものでした。まさかケルニッツフィでこのような下着が流行っているとは思ってもいませんでした！」

女性店員が興奮している。いずれ王都の店でも下着を扱うと思う。こっちの人はともかく、勇者たちには好評なはずだ。むしろ勇者たちがこの下着を作らなかったことに疑問が湧く。

石鹸は作ったのに、下着はなぜ作らなかった？　まさかジョブが関係しているのか？

できれば水洗トイレを作ってほしい。あとシャワーも。そこら辺、なんとか作ってもらえないだろうか。

「他に二着を見繕ってもらえるかな」

「畏(かしこ)まりました！」

女性店員の声が一オクターブ高くなる。

「私は――」

「俺が買ってあげたいと思っているの」

アンネリーセが断ろうとするのを制して、ドレスを選ぶよう店員さんに言う。

アンネリーセがドレスを選んでいる間に店内をぶらぶら。一人で見て回りたい時に、暗殺者の隠密は便利だ。

そんな時に、彼女の姿を見つけた。厳島さやかだ。

随分と痩せた印象を受ける。目の下にクマもある。かなり疲れているように見える。勇者たちや国が無茶ばかり言うのか？　大丈夫なんだろうか？

「あの……」

「これはイックシマ様。ようこそおいでくださいました。こちらへどうぞ」

ちょっと偉そうなおじさん店員が彼女を奥へと連れていく。俺もついていく。

個室に案内されて、彼女は店員と向かい合って座った。

「石鹸とシャンプーとトリートメントの売れ行きはよいです。ポーション類も安定の売り上げです」

店員はにこやかに語り出した。どうやら石鹸は彼女が作ったようだ。彼女のジョブは錬金術師で、ポーションなどをゴルテオ商店に卸しているらしい。その縁で頻繁に出入りしているようだ。

「今日はこれをお持ちしました。売れればいいのですが」

イックシマさんは瓶に入った赤い液体をテーブルの上に置いた。

「鑑定させてもらいますね」

店員が瓶を持ち上げる。俺も詳細鑑定で見てみよう……。ほう、これは。錬金術だとこんなものも作れるのか。

「ニトログリメンというのは初めて聞きますが、衝撃を与えると爆発するのですか……」

店員はそっと瓶を置いた。手が震えている。

「モンスターと戦う時にいいと思います」

「しかし持ち運ぶ時に、爆発してしまっては……」

詳細鑑定では、不安定だからあまり揺らさないこととある。そりゃー、店員も引くわ。

イックシマさんもよくこんなものを持ち運ぼうと思ったな。それ以前によく作ったな。

「今はそれを安定させる実験をしています。いいものができると思います」

「これまでイックシマ様がお持ちになったものは、よいものばかりでした。今度も期待させていただきます」

買うとは言わないんだね。さすがは商人。

イックシマさんはしょんぼりして帰っていった。安定させれば売れそうだからがんばれ。

でもダイナマイトを発明したノーベルのように、後悔しなければいいんだけど。

たしかダイナマイトは珪藻土（けいそうど）にニトログリセリンを染み込ませることで安定したんだったな。あのニトログリメンという液体も珪藻土で安定するかもだけど、それを伝えるのはなぁ……。

俺、今はトーイなんだよ。どうしたものか。

アンネリーセのところに戻ろうと思い、アクセサリー売り場の前を通った。

マジックアイテムのアクセサリーがあるなら、これらのアクセサリーにもエンチャントできないか、やってみよう。ダメでもアンネリーセならどんなアクセサリーでも似合うはずだ。

イメージが膨らみ、いくつかのアクセサリーを購入した。


公爵屋敷に帰って、さっそく石鹸を使うことにした。別棟とはいえ貴族が泊まる屋敷だから、風呂がある！

「アンネリーセ。風呂に入ろう！」

「はい、お供します」

鼻歌を歌いながら脱衣所で服を脱ぐ。

石鹸とシャンプー、そしてトリートメントはちゃんと用意してある。

「ここに座って」

「はい」

アンネリーセは何をするのかと、不思議そうに風呂用の椅子に座る。

「お湯をかけるよ」

「自分で」

「いいから、いいから」

アンネリーセの体にお湯をかけていく。

まずは石鹸から。濡らしたタオルで石鹸を擦（こす）ると、泡立っていく。白い柔らかな泡でアンネリーセの体を包み込んでいく。

「これは……なんだか気持ちいいです」

「これは体を清潔にしてくれる泡だよ。でも食べてはダメだからね」

「はい」

背中を洗うと、今度はＯＰＰＡＩだ。たわわに実った果実の下側から円を描くように洗う。時々アンネリーセが色っぽい声を出すから、俺の息子も元気だ。

果実の最高峰の登頂に成功した俺は最高潮！

「ご、ご主人様……」

アンネリーセは俺の腕に手を置くも嫌がることはない。

次は脇から腰を通ってお尻へ。そしてアソコも優しく洗う。

「今度は私が」

「うん、お願いするよ」

アンネリーセのサービスは筆舌に尽くし難かった。もうね、天国だよ。そのまま昇天するかと思った。

髪も洗いっこした。アンネリーセの髪は長いから、自分で洗うのは大変だと言う。それからトリートメントで髪を労わる。

「肌が白くなったようです！　それに髪にコシが出た感じがします！」

湯舟に浸かっている間、アンネリーセは石鹸、シャンプー、トリートメントを褒め囃した。

身振り手振りを交えて褒めるものだから、ＯＰＰＡＩが凄く揺れていた。

イツクシマさんがこの三点セットを作ってなかったら、この素晴らしき光景を見ることはできなかっただろう。手を合わせて感謝だ。

さっぱりした後はアクセサリーへのエンチャントだ。

買ってきたアクセサリーはイヤリングと指輪。

アイテムボックスのクイック装備では、指輪のセット枠がない。でも指輪を嵌(は)められないわけじゃない。あくまでもクイック装備枠がないだけだ。

イヤリングは真珠のような白い球がついたものだけど、この球は魔石を加工した魔結晶というものらしい。特に効果がエンチャントされているわけではないので、アクセサリーとして扱われている。

詳細鑑定で見たら、イヤリングは二個で一セットになっている。エンチャント・ハードを試してみよう。

「………」

イヤリングは二個一度にエンチャントしないといけないことが分かった。一個ずつではエンチャントの効果がないのだ。二個一度にじゃないと、耐久値が上がらなかった。

さて、次はどんな効果をエンチャントするかだ。

「そうだ、あれがあったな」

エンチャンター・レベル三五で覚えた魔法だ。

「エンチャント・レジストポイズン」

詳細鑑定で見たら成功しているのが分かった。毒耐性がちゃんとついている。

他のアクセサリーにもエンチャントした。アイテム・エンチャントの熟練度がまだ低いから大きな効果はないだろうが、それでもまったく効果がないわけじゃない。

・**耐微毒のイヤリング**：微毒に耐性を得る。耐久値七／七
・**マナイヤリング**：魔力を徐々に回復する。回復量は毎分一〇ポイント。耐久値八／八
・**耐魔のネックレス**：魔法防御力値＋二五　耐久値七／七
・**思考のネックレス**：知力値＋一〇　耐久値八／八
・**剛腕の腕輪**：腕力値＋一〇　耐久値一二／一二
・**思考の腕輪**：知力値＋一〇　耐久値一一／一一

いい感じだ。今はまだこの程度だけど、熟練度が上がればもう少し良い効果がエンチャントできるだろう。


耐微毒のイヤリングと思考の腕輪はアンネリーセに使ってもらおう。公爵から譲ってもらった魔女の首飾りもあるので、これでアクセサリー枠が埋まった。

マナイヤリングと思考のネックレスはソリディアがいいだろう。

耐魔のネックレスはガンダルバンに……金チェーンに小さな宝石が一つのネックレスだから男でも大丈夫。だと思う。

剛腕の腕輪はロザリナにしよう。この剛腕の腕輪は、もっと作って前衛全員に配備するようにしよう。

腕輪はいいが、イヤリングとネックレスは男性の装備としてちょっと恥ずかしい。男性用のデザインでイヤリングとネックレスを作ってもらえないか、今度聞いてみよう。


転生八十九日目。今日から王都のダンジョンに入ってみることにした。基本的にレベル上げができる階層まで走るつもりだ。

褒美をもらうまでに、まだ時間がかかるようだから構わないだろう。

王都のダンジョンの正式名称はジョルズ迷宮という。ダンジョンの入り口は、パルテノン神殿のような建物の中にあった。黒い空間の歪(ゆが)みのようなものは、ケルニッフィと変わらない。


入り口を通り過ぎると、別世界が広がっていた。

「ジャングルかよ……」

ケルニッフィのダンジョンのような閉鎖された空間ではなかった。生い繁(しげ)る木々による圧迫感はあるものの、マイナスイオンが感じられる……ことはない熱帯雨林のような場所だ。それでも天井には無骨な岩が見える。洞窟の中の熱帯雨林とは斬新なダンジョンだ。

木々はそれほど太くない。背も高くない。でも木々の数が多く、真っすぐ歩けそうにない。

「バース。最短ルートで頼む」

「はっ」

ジョブ・冒険者のバースには、スキル・移動ルートがある。これでボス部屋まで最短距離で進める。

俺はメインジョブは暗殺者にし、サブジョブを探索者にする。スキル・偽装でジョブが剣豪に見えるようにして、さあ進もう。

一階層に出てくるモンスターはグリーンスネーク。木々の緑に紛れていると発見しにくく、奇襲を受けやすいモンスターらしい。

「左の木の枝にグリーンスネークです」

アンネリーセがグリーンスネークの魔力を感知。俺も気づいていたけど、アンネリーセに譲ったんだ。

探索者になったばかりの村人が奇襲を受けたらかなり危険だけど、俺たちは奇襲されても問題はない。そもそも毒や特殊な攻撃がないレベルが一や二のグリーンスネークでは、俺たちにダメージを与えることはできないのだ。

瑞々（みずみず）しい葉が生い茂る木の枝の上に、グリーンスネークの姿があった。葉の緑に隠れていて、かなり分かりにくい。

体長は一メートルくらいか、その割に太めの胴体だ。さすがに人間を飲み込むほどの大きさはないが、あの太い胴体で首に巻きつかれたら新人では助からないかも。

ヒュンッ。バースが射た矢がグリーンスネークに命中。地面に落ちて消える。

矢は残ったから回収して再利用。ドロップアイテムは緑色の蛇皮だ。

今の矢はエンチャントされていないものを使った。レベル一のモンスターにエンチャントの矢はもったいないと、バースは考えているようだ。俺もそう思う。


小走りにボス部屋まで進んだ。

出てきたグリーンスネークは瞬殺。戦闘らしい戦闘はなかった。

ボス部屋の前には二パーティーが順番待ちをしており、ここで小休憩する。

小休憩のつもりが、二時間近く待たされた。先に入った探索者たちは、それだけ厳しい戦いをしていたようだ。

俺たちはというと……リンの一発でボスを瞬殺し、二階層へ。

二階層のモンスターはグリーンスネークと暴走イノシシ。レベルは三から六だ。

二階層も小走りで駆け抜けた。今日中に四階層へ入りたい。そのために急ぎ足だ。

三階層も駆け足。だが、途中で俺は皆を止めた。

「あっちに宝箱の反応がある」

まだかなり距離があるけど、間違いない。

「宝箱なんて久しぶりだな」

「宝箱は年に一回発見できればいいほうですよ」

アンネリーセに呆れられてしまった。その呆れ顔も綺麗だよ。

「ジョブ・探索者と冒険者がいるんだ。宝箱発見率が上がってもいいはずだぞ」

探索者はスキル・宝探しを持っているし、冒険者はスキル・広範囲探索がある。宝箱に関しては熟練度の差で俺のほうが探知範囲が広いけど、広範囲探索は宝箱以外にもモンスター、罠、人間の気配が分かるから便利といえば便利だ。

ただし広範囲探索はアクティブスキルだから、定期的に発動させないといけないところが面倒だな。

俺たちは宝箱があるであろう場所に進んだ。

「これは酷いですな」

ガンダルバンたちが絶句。俺も呆れ果てている。

「宝箱の周囲が毒の沼とか洒落にならんだろ」

呆れて笑うしかないくらい、禍々しい沼に守られた宝箱だった。

毒の沼に入ったら、もれなく毒に侵される。ゲームなら生命力を回復しながら進むが、さすがにリアルでそれをする勇気はない。

宝箱までの距離はおよそ三十メートル。エンチャント・レジストポイズンはあるが、沼の深さが分からないから進む気にならない。

「トーイ様。私に任せていただけないでしょうか」

「何か手があるの？」

アンネリーセは力強く頷いた。任せることにした。

「マナハンド！」

ヌボーッと半透明の手が伸びていく。なるほど、その手で宝箱を開けるわけか。しかし三十メートルもあるのに大丈夫か？

スキル・魔力の源泉で魔力が自然に回復するから大丈夫だそうだ。それにアンネリーセの魔力はかなり多い。

マナハンドが宝箱に届き、その蓋を開ける。罠はない。毒に守られているのに宝箱自体に罠なんかあったら最悪だ。悪意しか感じられない仕様じゃなくてよかった。

マナハンドが宝箱の中身を掴んで戻ってきた。

「便利だな、それ」

「制御が難しいのですよ」

「それを制御するアンネリーセが凄いってことだ。やっぱり俺のアンネリーセは素晴らしいな！」

「そ、そんなことは……」

アンネリーセの頬が朱に染まり、体をくねらせる。

マナハンドが持ち帰ったお宝は、弓だった。

「これ、いいものだな」

青黒い弓に、朱のラインが入っている。毒の沼の宝箱から手に入れたためか、ちょっと禍々しい感じの弓だ。

・**魔毒の弓**：物理攻撃力値＋五五ポイント。射た矢に追加効果・毒を付与する。魔力を消費することで、任意で物理攻撃力値を上昇させる。消費魔力一ポイントで物理攻撃力値＋一ポイント。耐久値一一五／一一五

「これはバースに使ってもらおうか」

今のところ弓を使うのはバースしかいない。

「いいのですか？」

「弓士がいるんなら別だが、問題ないだろ」

「ですが売ったらかなりの金額になると思います」

「金には困ってない。それよりも戦力上昇のほうが重要だ」

エンチャンターのおかげで魔剣などのマジックアイテムを作れるから、資金は潤沢だ。マジックアイテムがなくてもボス周回すれば、大金が手に入る。

ちょっと遠回りしたが三階層を駆け抜けた俺たちは、ボスをサクッと倒して四階層に到着した。ダンジョンムーヴで一階層に移動してダンジョンを出る。ダンジョンムーヴ便利すぎ。ずっと駆け足で進んだのがよかったようで、夕方になる前にダンジョンを出ることができた。

転生九十日目。今日でこの世界にやってきて三カ月になる。

俺はこの世界に馴染(なじ)んでいると思う。だから今後は日にちを数えるのは止(や)めようと思う。

今日もダンジョンに入ろうと思ったが、王都にも初雪が降り出した。粉雪で積もるような降り方ではないが、寒い。

体温を逃がさないように、マントの前を掴んで隙間を塞ぎながらメインストリートを歩く。雪が降っているからか、昨日よりもかなり人出が少ない。

ダンジョンに入ることから、馬車の送り迎えはない。歩けば暖かくなると思ったけど、全然暖かくない。馬車にしておけばよかった。

王都のメインストリートは石畳で、貴族街の道もほとんどが石畳だ。土や砂利よりは歩きやすいんだろうが、石の凸凹が多く意外と歩きにくい。

探索者ギルドの大きな建屋の前を通り過ぎると、ダンジョンの入り口を囲うパルテノン神殿のような石造りの建物が見える。

昨日も見上げたが、今日も見上げてしまう。多くの太い柱に支えられた屋根が崩れてこないか心配だ。どうやってあの重そうな石の屋根を支えているのだろうか？

「お前、アンネリーセかっ!?」

俺が見上げていたら、誰かがアンネリーセの名を呼んだ。

馴れ馴れしい男の声に俺は顔を顰めてそっちを見る。

「グリッソムさん……お久しぶりです」

アンネリーセの知り合いか。昔王都に住んでいたと言っていたから知り合いがいてもおかしくはないけど、それでも男の知り合いというのは気分のいいものではない。

グリッソムというその男は決してハンサムではない。年齢は三十歳前くらいでぽっちゃり系、くすんだ赤毛を背中の真ん中まで伸ばして後ろでまとめている。

魔法使いなのか、灰色のローブを着て杖を持っている。金属でできた百八十センチほどの長い杖で、先端に黒い宝石……いや宝魔石がついている。

「お前、その姿はどうしたんだ!?」

俺のアンネリーセをお前呼びするとは、この野郎、何様だ。

「呪いは解けました」

「なんだとっ!?」

驚くところか？　知り合いなら「よかったね」と一言あってしかるべきだろう。

俺、こういう奴嫌いだ。

アンネリーセに馴れ馴れしいのも嫌いだけど、何よりも思いやりがない。言葉が乱暴。顔が厭(いや)らしい。

「知り合いか？」

あまり気分のいいものではないから、早々に切り上げようと思い俺が前に出た。

「なんだお前は!?」

初対面の俺にこうまで好戦的な語気とは……。美しいアンネリーセに惚(ほ)れているのかもしれないが、そんなことでアンネリーセの気は惹(ひ)けないぞ。俺のような紳士じゃないとな。ふふふ。

「申し遅れた。俺はトーイ＝フットシックル男爵です。貴殿は？」

「ふんっ。私はグリッソム＝エルバシル。エルバシル伯爵家の者だ」

どう見ても三十間近だけど、家名がある？

「確か貴族の子弟で非嫡子は成人すると家名はなくなるはずですが、貴殿は嫡子か騎士なのですか？」

ザイゲンに貴族のことを教えてもらったが、非嫡子が十五歳になって成人した時は、貴族籍から籍を抜く制度があるらしい。子供のうちは貴族の息子だけど、成人後は貴族と名乗ることは許されないのだ。

この場合の非嫡子は、家督相続権を持つ者の中で最上位じゃない人たちを指す。一般的には男子の長子が嫡子になるけど、女性を嫡子にしてもいいらしい。そこら辺は貴族家の家風や才能で決めるようだ。

このグリッソムという男は探索者をしているようだし、容姿では十五歳という成人年齢を超えているのが分かる。すっごく老け顔じゃなければ。

非嫡子でも騎士だと家名を名乗れる。他にも官僚にして家名を名乗ることを許す貴族もいるが、グリッソムは騎士や官僚には見えない。それに嫡子なら嫡子と名乗るものだ。それが貴族の礼儀と聞いた。

「そんなことはどうでもいいっ！」

「えぇ……よくないと思いますよ。貴族や騎士でない者が家名を名乗るのは、法で禁止されていますから。伯爵家の出身であれば、それくらいは知っていますよね？」

「う、うるさいっ！」

こいつダメな奴だ。

「これは上に報告しておくべきでしょうかね」

「な、いい加減なことを言いふらすんじゃないぞ！」

グリッソムは慌てて俺たちから離れていった。その態度だけで嫡子でも騎士でもないのは明らかなんだけど、詳細鑑定で見ておけばよかった。そうすれば、グリッソムがどういった人物か分かったのに。

「私のせいですみません」

「アンネリーセが謝ることじゃないよ」

「でも私のせいでエルバシル伯爵家と」

彼女の肩に手を置くと、アンネリーセが震えていた。

あの野郎、アンネリーセを怯えさせるとは許せん。殺意が湧いてくる。今度会ったら百年目。ぶっ飛ばしてやる。

いや、ダメだ。そんな短絡的なことでどうする。力を持ったからといって、それを気軽に使ってはいけないんだ。そんなことをすれば、あいつと同じじゃないか。

「あのグリッソムという奴は、何者なんだ？」

「昔、一時期だけパーティーを組んだことがある方です」

アンネリーセとパーティーを組んだだと？　一時期でも許せん！

「その時に何度も付き合おうと言われたのですが、あのような方なのでお断りをしていたのです」

それは当然だ！

「私が呪いにかかってしまったので、パーティーメンバーだったのは一カ月ほどでした。その後、私はパーティーから追放されましたので」

「はぁ？」

舐めてるのか、あの野郎。パーティーメンバーだったら、何を置いてもアンネリーセのために解呪の方法を探すものだろ。

前言撤回。あいつなら力を使ってもいい。破滅に追い込んでやる！

「今度会ったら百年目だ」

「私は気にしてないので」

「いや、俺が気にする。アンネリーセが苦しんでいる時に、何もしないどころか追放するなんてクズだ。絶対に許さん！」

「ご主人様……」

「アンネリーセ……」

視線が交差する。エメラルドグリーンの瞳に俺が映っている。なんて綺麗な瞳なんだろうか。俺の瞳にもアンネリーセしか映ってない。二人だけの世界だ。

「ゴホンッ」

「「っ!?」」

「いい雰囲気のところ申しわけないのですが、公衆の面前でそういうのはいかがかと」

ガンダルバンの声に現実に引き戻された俺は、周囲の人たちの視線が集まっていることに気がついた。

「あは……あははは。今日はいい天気だなー」

「生憎（あいにく）の雪ですが？」

そこはそうですねと言っておくところだろう、ガンダルバン！

二章

王都ダンジョン駆け足備忘録

ジョブ・探索者は取得条件が非常に厳しいものだ。ダンジョンの十階層のボスを倒すか、ダンジョン探索初日に単独でモンスターを二十体倒す必要がある。

この二つの条件はまずクリアされない。つまり、探索者というジョブはチートなジョブだと俺は思っている。

スキル・ダンジョンムーヴはチートジョブの名に恥じぬ、便利すぎるものである。

そのダンジョンムーヴで四階層へ移動した。今日は六階層へ到達するのが目標なので、今回も駆け足だ。

四階層を足早に進み、出遭ったモンスターはガンダルバンたちが瞬殺。まだ四階層のモンスターでは相手にならない。

四階層のボス部屋も瞬殺して、五階層も駆け足。そしたらまた宝箱の気配を感知した。

「王都のダンジョンは宝箱が発生しやすいのか？」

この問いに答えられる人はいない。誰もこのダンジョンの生態（？）を知らないのだ。

そこは木々に囲まれている開けた場所。なんだか不穏な気配がする。

中央に宝箱があり、この場所全体が罠のスイッチになっているようだ。解除はさすがにできそうにない。

「ここはモンスターハウスのようですな」

「私もそう思います」

総合的に考えて、こういう場合はモンスターハウスの可能性が高いらしい。俺たちが立ち入ったら、モンスターがわらわらと出てくるという面倒な仕様のようだ。

経験豊富なガンダルバンとアンネリーセがそう言うのだから間違いないだろう。

五階層のモンスターのレベルは二〇にも満たないから、百体くらいなら問題ない。それ以上だと俺たちも疲れてくるからヤバい。

「モンスターハウスは解除できそうにない。どうするか」

「回避するのがよろしいのでは？」

「目の前にあるお宝を放棄するのか？」

「命には代えられません」

ガンダルバンは安全に一票か。

「アンネリーセのマナハンドで開けられないか？」

「すみません。この距離ではさすがに届かないかと」

宝箱まで百メートルはあり、マナハンドでは届かないとアンネリーセは言う。

瞬考し、回避することを決めた。こんなところで命を懸ける必要はない。宝箱は惜しいが、ここは回避しよう。

「本当によろしいのですか？」

「お宝は欲しいが、命のほうが大事だ。自分や仲間をみすみす危険に曝（さら）すのは、リーダーとして失格だと思わないか、バース」

「ご当主様の高尚なお考え、バース感服いたしました」

「そんなに持ち上げても何も出ないぞ」

「そのようなつもりでは」

「分かっているよ」

ガンダルバンもそうだが、皆生真面目（きまじめ）。リンだけは俺のユーモアを少しだけ分かってくれるが、それでも真面目なんだよな。

「よし、ボス部屋までの案内を任せたぞ、バース」

「はっ」

モンスターハウスの宝箱は放置し、俺たちはボス部屋へと急いだ。遠回りになってしまったが、夕方くらいにはなんとかボスを倒して六階層に至ることができた。


王都ダンジョンの六階層に至り、公爵屋敷へ帰ると公爵から呼び出しがあった。

風呂で体を清め、公爵と共に夕食を摂（と）る。

「ダンジョンに入っていたのか？」

「はい」

言葉短く答えると、公爵はダンジョン内のモンスターの数のことを聞いてきた。

「そんなにモンスターが多いとは感じませんでしたが？」

「それもそうか。昨日の今日だから一階層かせいぜい二階層だからな」

実は六階層ですとは言わない。ダンジョンムーヴで移動できるのは内緒。知られると面倒くさいことになりそうだから。

「陛下は現在病で床に臥せっておいでだ。謁見は一の月の二十五日目に行われることに決まったが、陛下の代理として摂政をされているエルメルダ王女が行う。それまでにあまり無茶をして怪我などするでないぞ」

へー、国王は病気なんだ。国王の噂って、あまり聞かないよな。意図的に隠しているのか、それとも国民に噂されないような目立たない人なの？

二十五日の謁見で悪魔退治の褒美をもらって、三十日は新年の挨拶の謁見か。面倒だから早く終わってほしいところだ。

「無茶はしませんから、安心してください」

モンスターハウスだって回避したんだから大丈夫ですよ。

「褒美については国からの勲章授与の他に、一〇〇〇万グリルと魔剣の下賜だ。そなたの妻と家臣たちにも勲章の授与、二〇〇万グリル、魔剣または魔槍の下賜が行われる」

アンネリーセは妻枠に収まっているようだ。俺は全然ＯＫ。むしろ歓迎するけど、アンネリーセの許可を取ってないからクレームあるかも。クレーム入ったら萎えるんですが……。

「魔剣までもらえるのですか？」

「フットシックル男爵には宝剣として指定されているものだが、家臣たちには数段落ちるものが下賜されることになっている」

ガンダルバンたちは俺がエンチャントした魔剣や魔槍を持っているけど、どういったものだろうか？　まさか俺のエンチャントしたものじゃないだろうな……。いや、フラグを立てるのは止めよう。もう遅いかもだけど。

しかし、公爵家のこの食事、味気ない。不味くはないんだ。味が薄いんだよね。最近は日本で食べていた料理を俺が作ったりゾッパに作ってもらっていたから、公爵家の味付けより濃くなっているようだ。カレーライスなんて、その最たる例だろう。

そういえば、ドワーフのバッカスの料理はしっかりと味がついていて美味かった。豪快な料理が多かったけど、俺好みの味付けだ。酒をバカみたいに勧めてくるところさえなければ、いい奴なんだけどなー。

おかげで酒豪なんてジョブに転職できるようになってしまったじゃないか。

今日もダンジョンに入り、すぐにダンジョンムーヴで六階層へ。

六階層の最初のモンスターはリトルエレファント・レベル一七とリトルアイ・レベル一八だった。

リトルエレファントは小型のゾウ型モンスター。牙が六本あって足が八本ある。鼻の長さが体長の三倍くらいあり、槍のように使ってくる。物理防御力と魔法防御力が高いから攻守ともに優れたモンスターだ。

リトルアイは目玉にコウモリの羽を生やしたモンスターだ。名前はリトルなのに目玉の直径は一メートルもある。もっと大きな目玉の奴がいるのだろうか？

リトルアイが黒目のところから、光線を発射する。

ガンダルバンがそれを受け止める。かなりの熱量だが、ガンダルバンは怯まない。

「はぁぁあっ、トリプルスラッシュッ！」

ジョジョクがリトルエレファントに向かってスキル・トリプルスラッシュを発動。リトルエレファントはいいところなく消滅した。

「とうっ、パワーランスッ！」

ガンダルバンとジョジョクを飛び越えたリンが、スキル・パワーランスを発動した。身軽なリンは槍を棒高跳びのように使って、アクロバティックな動きをする。

リトルアイは一瞬で消滅した。遠距離戦専用の高火力攻撃は移動砲台といった感じで、防御力は極めて低いモンスターだ。

ドロップ品はリトルエレファントからいきなりレアドロップの象牙、リトルアイからはノーマルドロップの目薬だった。

象牙は工芸品にもなるらしいが、剣や槍などの武器にもなるそうだ。異世界の象牙は金属に近い材質のようだ。

六階層のモンスターは、必ず複数で現れる。つまりリトルエレファントとリトルアイのセットで出てくるということ。

一体と一体の時もあれば、リトルアイが一体でリトルエレファントが複数、リトルエレファントが複数でリトルアイが一体、そして共に複数という場面もある。

レベルが低い人だと対処が大変だと思うが、俺たちはそこまで苦労しなかった。

俺、アンネリーセ、ガンダルバン、ロザリナ、ジョジョク、リン、ソリディアはタイマンで瞬殺できる程度の強さがある。

唯一バースだけはそうもいかないが、こちらの数と同じ八体出てくることはなかった。もし八体以上でも茨精霊のローズがいるし、ソリディアが眷属を複数召喚すれば済む話だ。モンスターハウスじゃなければ、問題ない。


六階層のボス部屋はファングエレファント・レベル二五とエビルアイ・レベル二七。

エビルアイは一体だけど、ファングエレファントが三体もいる。

ファングエレファントは牙が八本、足が十本、体高三メートルとかなり大きくなった。それにリトルエレファントよりもはるかに物理防御力と魔法防御力、そして生命力が高い。

この三体で俺たちを食い止めて、エビルアイでダメージを与えようという魂胆のようだが、そうは問屋が卸さない。

「エビルアイを拘束して、俺たちに目玉を向けないようにできるか？」

ローズに聞いたら肯定した。なら問題はない。

「それじゃあ、エビルアイはローズに任せるな」

ローズはふよふよと俺の周りを飛び回って、肯定した。

「俺たちは三体のファングエレファントを先に潰す。防御力が高いが、鼻の攻撃にも気をつけるんだ」

皆の首肯。俺は右手を上げて、振り下ろす。それでガンダルバン、ジョジョク、ロザリナが飛び出す。アンネリーセが火魔法のファイアストームでガンダルバンを援護。烈火がファングエレファントを焼き、そこにガンダルバンの魔剣が叩き込まれる。

バースはジョジョクが受け持ったファングエレファントに矢を射る。魔毒の弓から放たれたアタックアローは、深々とファングエレファントに刺さってダメージを与えた。バースは弓系スキルを持ってないが、魔毒の弓とアタックアローを併用することで物理攻撃力値＋一〇〇の効果がある。これは俺たちが装備している武器の中では最高の補正値だ。毒の追加効果は発動しなかったかレジストされたが、そもそもボス相手にデバフは期待していない。

ソリディアがゴーストを三体召喚。黒く丸いゴースト三体をスキル・眷属合成で合成すると人型の黒い影のような体のゴースト改になった。

「テラーハンド！」

ゴースト改がファングエレファントにぺたりと触れる。それを受けたファングエレファントは、後ろ足立ちになって何かに怯え出した。

恐慌状態になったファングエレファントは見当違いの場所を攻撃している。

それを見逃さずロザリナが攻撃する。

「やっ！」

「凍える息吹！」

ソリディアの命令でゴースト改が凍える息吹を吐く。この凍える息吹はダメージを与えない代わりに、ファングエレファントの動きを悪くする。

デバフでも武器の追加効果よりスキルのほうが、レジストされにくい。

俺も攻撃を加え、一分ほどで三体のファングエレファントは倒れた。

残るはエビルアイのみだが、ローズの茨の蔓に拘束されていて身動きがとれない。さすがはローズと言うべきなんだろうが、エビルアイが間抜けすぎる……。

皆でエビルアイの目に剣や槍、矢を刺してサクッと消滅。いいところなしだな、エビルアイ。

ドロップアイテムはファングエレファントの鼻槍が二本とファングエレファントの革鎧一つ。

鼻槍は不格好なゾウの鼻の槍だ。ビジュアル的には使いたくないが、性能は悪くない。

レアドロップの革鎧のほうは普通の革鎧のように見えるからビジュアルに問題はない。防御力が高いファングエレファントの革鎧だけあって、いい性能だ。

エビルアイのドロップアイテムは強化眼薬という一時的に俊敏値＋一〇の効果がある目薬だった。

内容量を考えると、数十回は使える面白いアイテムだ。これは速いモンスターと戦う時に使わせてもらおう。

七階層に入ってすぐにダンジョンムーヴで六階層のボス部屋前に移動。

六階層でボス周回して強化眼薬を入手しようと五回アタック。強化眼薬四個と呪術士用のアイズスタッフを一本入手。

アイズスタッフは熱光線を百回発動させることができる杖で、百回使ったら消滅するらしい。

エビルアイの熱光線は一回も受けてないから威力は不明だが、いいものなんだと思われる。


ある日のこと、来客があった。

「急な申し入れでありながら、快く面会していただき感謝の念にたえません。私はゴルテオ商会の商会長をしております、シャルニーニと申します」

丁寧な挨拶を受けて、ソファーに座ってもらう。

三十代前半に見えるが、おじさんではなくお兄さんと呼びたくなる風貌の彼は、ゴルテオさんの息子さんで現在はゴルテオ商会を率いている人物だ。

ゴルテオさんの面影があるから、イケメンだ。爆(は)ぜてしまえ。

「ケルニッフィでは父ゴルテオが大変お世話になったとうかがっております。今日はご挨拶とお礼を申しあげたく、まかり越しましてございます」

スーッと菓子箱のようなものを出してくる。

「王都の貴婦人方に人気のお菓子です。奥方様に気に入っていただければ、幸いです」

「ゴルテオさんにはこちらがお世話になったのに、ご丁寧にありがとうございます」

箱は本当に菓子箱だった。木でできた箱は、かなり高級感がある。

今日は顔つなぎなんだろう、シャルニーニさんは特に商談とかはせずに帰っていった。

こういう儀礼的な挨拶も、商人には必要なんだろうな。俺にはできない細やかな気遣いだな。

今日は七階層のボス部屋を目指すつもりだが、その前にアクセサリーを売っている露店をアンネリーセに案内してもらった。

ケルニッフィでも何度かアクセサリーの露店を回ったが、いいものはなかなかない。この王都でもなかなかいいものはないようだ。と思ったらあった。

▼詳細鑑定結果▼

・耐魔のピアス：精神力値＋七　魔法防御力値＋一五　耐久値八／八

耐魔のピアスは五〇〇〇グリルで売っていたから即買いした。

鈍銀色のピアスだから見た目で損をしているが、悪くない買い物だ。

パルテノン神殿のようなダンジョンの入り口を囲う建屋が見えてきた。俺たちが歩いて近づいていくと、建屋の前に馬車が停(と)まった。

馬車から降りてきた黒髪の集団に見覚えがある。元クラスメイトだ。

「あれは勇者殿たちでしょうか？」

ガンダルバンには、あれが勇者だと分かったようだ。

「勇者様方は黒髪の方が多いと噂で聞きました。多分、そうじゃないでしょうか」

噂はケルニッフィまで届き、アンネリーセの耳にも入っていた。俺でさえ噂を耳にしているのだから、皆も知っているのだろう。

赤葉真児(あかばしんじ)の取り巻きだった土井定男(つちいさだお)が見えた。他の五人も見覚えがある。日本で散々好き勝手やられたのは絶対に忘れない。

「ご当主様。殺気が漏れてますぞ」

ガンダルバンに言われて気づいたが、無意識に殺気を放っていたようだ。

こうやって恨みを忘れないから、復讐(ふくしゅう)者なんてジョブがあるんだろうな。復讐する気はないけど、恨みを忘れるというのとは違うんだよ。

「どうかしたのですか、ご主人様」

「……なんでもないよ。それよりご主人様じゃなく、トーイね」

「あ、はい。トーイ様」

アンネリーセを心配させてはいけないな。日本での恨みを忘れることはないが、復讐なんてどうでもいい。なのになんで殺気なんて漏らすんだ？

酷(ひど)い目に遭わされてきたが、今はアンネリーセたちと出逢(であ)えて幸せだ。その邪魔をしなければ、特に何もするつもりはない。なのに……。


土井とニアミスしたので、自分を落ちつかせるために隣の探索者ギルドへ入った。

そういえば、探索者ギルドの中をしっかり見たことなかったな。

壁には四階層を越えた探索者パーティーの代表者の名前が記載されている。

「この消されているのは、引退でもしたのかな？」

「名前が消されているのは、引退か死亡、あとは兵士になったなどの理由などで探索者から離れた方ですね」

アンネリーセが丁寧に教えてくれる。

他にはクエストが貼られていた。中には解呪ポーションを五〇〇〇万グリルで買うというのもあった。オークションの半分以下じゃん。これで解呪ポーションのクエストを受ける人はいるのだろうか？

他のクエストも見たが、魔導書とか宝箱関連のクエストが多かった。目ぼしいクエストはないから、スルーだな。

宝箱からアイテムを回収した時点でクエストを確認すればいいし、ボス周回するだけでかなりの金額が手に入るからあえて受ける必要はない。

「あれ……もしかしてアンネリーセさん？」

「セシルさん。お久しぶりです」

「やっぱりアンネリーセさんなのね！」

カウンターの奥にいる女性。つまり探索者ギルドの女性職員が、アンネリーセに声をかけてきた。イヌの獣人で金色の髪をした綺麗(きれい)な人だ。

ケルニッフィでも感じたが、探索者ギルドの受付の女性職員は綺麗な人ばかりだな。容姿端麗が採用の基準になっているのかな？

「王都で活動していた時にお世話になった方です」

「俺はトーイといいます。アンネリーセがお世話になったそうで、感謝します」

俺は彼女に感謝の意を伝えた。俺のアンネリーセが世話になったのだから当然だ。

「いえ、私は何もできませんでしたから……」

呪いにかかったのは彼女のせいじゃないし、その後の事故もそうだ。

「アンネリーセさんの呪いが解けたのですね。本当によかったです」

「はい。こちらのトーイ様に解呪ポーションをいただき、無事に解呪できました」

「解呪ポーションを!?」

高額アイテムだからかなり驚いているね。

少し話し込んでしまったが、セシルの上司の咳払(せきばら)いで解散になった。もう勇者たちもいないだろうから、俺たちもダンジョンへ向かおうか。

一階層からダンジョンムーヴで七階層へ移動し、探索開始だ。バースが先行し道案内してくれる。今回の目的地は七階層のボス部屋。

バースがいると最短距離で目的地に向かえるから本当に助かる。それに俺の探索者をサブジョブにセットしておけば、マッピングでどういった経路を辿(たど)ったか分かる。地図も描くことができる。

「あれはなんでしょうか？」

アンネリーセでも知らないモンスターのようだ。

「ガンダルバンは知っているか？」

「いえ、初めて見るモンスターです」

真っ黒で最初は影かと思ったが、あれが本体のようだ。形は不定形で常に形を変えつつ浮いている。

「お化けか？」

ふと思ったことを口に出していた。

「お化け……たしかにそう見えないこともないですね」

この世界にもお化けは存在するようだ。

「あのモンスターがお化けだとすると……ゴーストではないですから、レイスでしょうか」

こういう時こそ詳細鑑定の出番だね！

ふむふむ。あれはレイスで間違いない。レベルは二五。物理攻撃がほとんど効かないから、魔法攻撃がないと倒すのが難しそうだ。

「レイスは初めて見ましたな。これは厄介な」

「生命力を吸う攻撃があるらしいから、特にガンダルバンは注意してほしい」

「承知しました」

そこで思ったが、ちょっと確認したいことがあってこの一体だけは、俺が対応したいと提案した。

「危なければすぐに介入します」

「ああ、それでいい」

俺はメインジョブを転生勇者、サブジョブを暗殺者に変更した。

「聖剣召喚！」

さらに隠密を発動してレイスに近づいてみて、気づかれないか確認する。

レイスは生命力に反応するとある。俺の生命力が隠密で感知されないのか確認だ。

ゆっくりと近づいていくが、レイスが俺に反応することはなかった。しかし近くで見ると、本当に形が不定形だな。もわもわと蠢(うごめ)いている。

反応しないことが分かったから、俺は聖剣を大きく振りかぶった。ズバンッ。

レイスは不快な声を残して消えていった。

「いやー、聖剣マジ効果あるわー。レイス相手なら聖剣は最強だな」

その聖剣と隠密からの急所突きで、レイスは一発で倒れた。

「お見事にございます」

ガンダルバンたちがやってきた。

「聖剣を出し続けられたらいいんだが、こいつは時限つきだ。苦戦するようなら、俺とリンが交互に聖剣と聖槍を召喚して戦うか。アンネリーセの魔法もあるし、それでなんとかなるだろう」

その戦術でレイスは問題なく倒せた。レイスのレベルが低いということもあって、苦労することはなかった。

一方、予想していたように物理攻撃はほとんどダメージを与えられなかった。ガンダルバンたちの通常攻撃でダメージが一から五くらいなのだ。これでは倒し切るのに日が暮れてしまう。俺の聖剣とリンの聖槍、そしてアンネリーセの魔法でレイスを倒しながら進んでいると、俺たちのレベルが上がった。


「あ……」

アンネリーセの驚愕の声に振り向くと、彼女の頬が上気していた。

「どうしたんだ？　どこか怪我をしたのか？」

俺はアンネリーセに駆け寄る。

「あの……ジョブが進化しました」

「なんだって!?　本当か、アンネリーセ」

「はい。進化です」

「おおおっ！　おめでとう！」

俺はアンネリーセを抱き上げてクルクルと回った。軽くて柔らかい。

「と、トーイ様。ダンジョンの中ですから」

「おっとそうだった。ははは」

アンネリーセを下ろしたけど、嬉しいな。

「それでどんなジョブに進化したんだ？」

「はい。進化したジョブは、愛の賢者です」

「「「おおおっ」」」

俺も驚いたが、ガンダルバンたちも驚いている。

てか、愛の賢者ってなんだ？　賢者は分かるが、愛はどういう意味？　そこがめちゃくちゃ気になる。

ジョブ・愛の賢者は攻撃魔法だけではなく、回復や支援などもできる総合的な魔法使いだった。特に回復系の魔法が素晴らしいとある。愛の意味が書いてないですけど、詳細鑑定さん？　駄目か……。

「おめでとう、アンネリーセ！」

「はい。ありがとうございます」

アンネリーセも俺も喜色満面だ。


七階層はレイスの他に、ゾンビとマミーという包帯をグルグル巻きにしたミイラ男（男かは知らんけど）が現れる。

単体で現れる時もあるが、多くは五体以上の集団だ。ホラー映画のように通路を埋め尽くすこともある。

レイスは俺とリンが交代で対応。アンネリーセも優先的にレイス対応。ゾンビとマミーは物理攻撃が効くからガンダルバンたちで対処する。

ソリディアが召喚したスケルトンやグール、ゴーストも活躍している。死霊系と死霊系の戦いはちょっと不気味だったが、眷属合成した眷属はどれも強くモンスターを圧倒した。


七階層を進んでいると、前方から探索者の一団がやってきた。十五人の集団だ。

探索者はパーティーを組むが、十五人のパーティーは初めて見た。

「七階層ともなると、複数のパーティーが合同で探索することもあると聞いたことがあります」

ガンダルバンが警戒しながら小声で教えてくれた。

向こうの代表者とガンダルバンが言葉を交わす。

「こっちも通るぞ」

「通してもらうぞ」

通路の端と端に分かれて通る。広い通路だから、肩がぶつかるなんてことはない。

それでも彼らの臭い(におい)が漂ってくる。昔体育の授業で何度か着て汗べっとりの体操服を洗濯するのを忘れて何日も湿ったまま放置したような酷い臭いだ。十メートルくらい離れていても漂ってくるのだから、相当な臭いだと思う。

十五人の中には女性も交じっている。この臭いの中にいるのに慣れた感じに見える。

俺たちがこのダンジョンを駆け足で進むと、一階層は一時間くらいでボス部屋まで行ける。二階層は一時間三十分、三階層は二時間、四階層は四時間、五階層は五時間、六階層は六時間くらいだ。

これは高レベルの俺たちが最短距離を移動した場合の所要時間だ。探索しながらモンスターと戦えばそれだけ時間は増えるし、休憩もするから参考にはならないかな。

俺たちのようなレベルになると、低階層なら一日で複数階層を駆け抜けることができるけど、一般的にはしない。走ればそれだけ疲れるからだ。

ダンジョンの中では何があるか分からないので、余力を残して進むのが普通だ。たとえ二階層や三階層のような低階層でも、罠にハマって死ぬことだってあるのだから。

俺たちは疲れたらダンジョンムーヴでダンジョンの一階層へ移動し、ダンジョンの外に出て休むことができる。屋敷に帰って風呂に入って、暖かいベッドで休むことができる。

しかし一般的な探索者は、ダンジョンの中で何日も野営する。そうすると彼らのような臭いがするのは当然なんだろう。

ダンジョンの中では、水や食料の補給はできない。モンスターが肉などの食料を落とす場合もあるが、火を通さなければいけないものは食べない。焚火(たきび)などできないから食べられないのだ。だから水と食料は、探索する日程分を持ち込まなければいけない。アイテムボックスがあればいいが、そうじゃなければ大きな背負い袋に詰め込んで持ち込む。

アイテムボックスがあっても枠数には制限があるから、なんでもかんでも持ち込めるわけではない。必要なものを厳選して持ち込んで、水や食料を消費して空いたスペースにドロップアイテムを入れて持ち帰るのだ。大変だよ。

「あなた、アンネリーセなの!?」

どこかで聞いたようなフレーズだ。向こうのパーティーの女性剣士が声をかけたようだ。

「はい。アンネリーセです。お久しぶりです。シャロンさん」

「あなた呪いが解けたのね。よかったわ」

あのグリッソムという奴がおかしくて、これが本当の仲間だった人の言葉だ。うんうん。

その女性剣士は本当によかったと言って、パーティーと共に離れていった。彼女の目じりに涙が浮かんでいたし、その雰囲気から本当に心配していたようだ。

「なあ、ガンダルバン」

「なんでしょうか？」

「七階層を十五人で探索して、収入は多いのか？」

「七階層に何日も留まってアイテムを回収していれば、そこそこ多いはずです」

多少の余裕を持って、留まれるだけ留まる。持ち帰るアイテムが多ければ多いほど、取り分は多くなる。

うーん……それなら五、六人で六階層に留まるか、ボス部屋周回とかしたほうが儲かる気がする。

俺は強くなるのが目的だから儲けは二の次だけど、彼らのほうがダンジョンの儲けに敏感なはず。

六階層に留まるよりも、大人数で七階層でモンスターを狩るほうが儲かると考えてのことかもしれないけど、効率が悪いと感じてしまう。

そう考えるのは、俺がダンジョンムーヴを持っているからだろう。ダンジョンムーヴさえあれば、簡単にボス部屋周回ができて、レベル上げと共によい稼ぎになるからね。

ケルニッフィの『バルダーク迷宮』の七階層は、属性リザードのノーマルドロップ品の魔石が一個二万五〇〇〇グリルで換金できた。

十五個持ち帰れば、均等割りで一人当たり二万五〇〇〇グリルが手に入る。七階層を往復するだけで何日もかかるから、換金額はもっと欲しいところだな。半月くらい入っているのかな。あの臭いなら半月以上か。大変だな。

俺は簡単に考えていたが、探索者って過酷な仕事なんだな。あってよかったダンジョンムーヴ。本当にそう思うよ。


死霊系モンスターを倒しながら進んだ俺たちは、変な部屋に出た。

「これはまた……」

ガンダルバンが苦笑している。

その部屋は床がない部分がある。半分以上は床がない。直径一メートルくらいの柱がいくつもある。その上を進めというのだろう。クマ獣人で体が大きいガンダルバンは、こういうのは苦手そうだ。

逆に得意なのはネコ獣人のリンで、ピョンピョンと柱の上を移動していった。

俺はアンネリーセを抱っこしながら、柱の上を移動した。俺には暗殺者のスキル・立体機動があるから、必要となれば空中に足場をつくることができる。気楽なものだ。

七階層のボス部屋に到着した俺たちは少し休憩してから入った。

「うわー、バイ●ハザードだ」

「何か仰(おっしゃ)いましたか？」

俺の呟(つぶや)きにアンネリーセが首を傾(かし)げる。

「いや、なんでもないよ」

さて、モンスターはざっと数えて三十体ほど。

一体一体は大したことないけど、これだけの数を捌(さば)くのは面倒くさい。

「トーイ様。ここは私に任せていただけますか」

アンネリーセが胸を張った。その際に胸がプルンプルン揺れる。眼福だ。拝んでおこう。

「それじゃあアンネリーセに任せようかな。進化したジョブの威力を見せてもらうよ」

「はい。ありがとうございます」

杖を掲げたアンネリーセから魔力の奔流が発せられ、彼女を幻想的に包み込む。

「綺麗だ……」

心の底からの言葉だ。

魔力の光も美しいが、何よりもアンネリーセが美しい。

「サークルサンダー」

ジョブが愛の賢者に進化した時に覚えた、スキル・魔法創造で創ったサークルサンダーだ。

閃光(せんこう)が迸(ほとばし)り、雷鳴が轟(とどろ)く。

無数の雷(いかづち)が複数の敵を穿(うが)つ。

雷から発せられた衝撃波がモンスターたちを貫いていく。凄(すご)い迫力だが、威力はもっと凄い。

「うへー、ほぼ壊滅かよ……」

「愛の賢者に進化したら、魔法の威力が数段上がりました」

いい笑みだ。モンスターのほとんどは、その笑みを浮かべるアンネリーセが蹂躙（じゅうりん）した。表情と、やったことが合ってないんですけど……。

「それじゃあ俺も行ってくるよ」

「はい。お気をつけて」

すでにガンダルバンたちが残ったモンスターに攻撃を開始している。

残ったモンスターはデュラハンが一体とハイレイスが二体。デュラハンがボスの中のリーダーのようで、レベルが一番高く、三八だ。

この王都の『ジョルズ迷宮』はケルニッフィの『バルダーク迷宮』よりもややレベルが高い。七階層のボスのレベルを比べると、『バルダーク迷宮』のライトリザード・レベル三五に比べて三レベル高い三八になっている。レアボスのダークリザードでもレベルは三七だから、それよりも高い。

俺とリンでハイレイスを一体ずつ受け持つ。デュラハンはガンダルバンたちが殴っているが、盾と剣で攻撃をいなされている。かなりの腕前だ。

さらにロザリナの攻撃が当たると硬質な音がする。拳（こぶし）を壊さないか心配になる。

「せいっ」

ミスリルの両手剣を振る。ハイレイスはゆらゆらしていて動きが緩慢に見えるけど意外と速い。

まさか躱（かわ）されるとは思ってなかった。

黒い霧が伸びてくる。これに触れられると、痺（しび）れることがある。

「セイントアタック」

後方に跳んで転生勇者のスキル・聖魔法でセイントアタックを放つ。聖なる光に貫かれたハイレイスが断末魔の叫び声を残して消えていく。

元々アンネリーセのサークルサンダーに貫かれていたから、一発で倒せてしまった。

同じ頃合いでリンのほうもハイレイスを倒し、俺たちはデュラハンの攻撃に参加する。

俺の攻撃は盾で受けられてしまったが、リンの聖槍の攻撃は嫌がって距離を取られた。

「リン。かましてやれ」

「はい」

リンを主とする攻撃を組み立てる。聖槍を異様に警戒してくれるおかげで、俺たちの攻撃は当てやすくなった。

リンが引きつけてくれるから、俺たちはスキルを発動させてデュラハンに叩き込む。

怒ったデュラハンがコマのように回り、俺たちを剣と盾で攻撃する。

「うぉぉぉっ」

ガンダルバンがスキル・鉄壁を発動させて、デュラハンの動きを止めた。

「これで最後だ、セイントクロス！」

先ほど放ったセイントアタックより強力なセイントクロスが、デュラハンの胴体に吸い込まれる。

刹那、デュラハンの胴体から聖なる光が飛び出し、無残に破壊した。

ジョブ・転生勇者の聖魔法は、さすがにアンデッドによく効く。最初は地雷ジョブと避けていたけど、ものは使いようというやつかな。食わず嫌いはダメ、そういうことなんだろう。

消滅したデュラハンは、盾を残した。

他にも全モンスターがアイテムを落としたが、その中に金属の塊があった。この金属はどのモンスターが落としたか分からない。

そもそも金属を落とすモンスターはいなかったはずだ。これが噂に聞くハイレアドロップか！

正式にはハイレアドロップアイテム。不特定のモンスターからごくごくごく稀にイレギュラーなアイテムがドロップする。魔導書もその一つだと言われている。

・**デスナイトシールド**：物理防御力＋三五　体力＋五　精神力＋一〇　盾術発動時即死攻撃が十パーセントの確率で発動する。生命力自動回復（低）　自動修復（低）　耐久値一〇〇／一〇〇

・**ゴルモディア**：ミスリルより硬く、劣化に強い金属

すでに俺がエンチャントしたディフェンスシールドがあるんだが、デスナイトシールドのほうが面白い。能力も悪くないし、何よりも即死攻撃があるのがいい。発動率十パーセントは低いが、それをメインに考える必要はないから、ガンダルバンに装備させよう。

「デスナイトシールドはガンダルバンが使ってくれ」

「ありがとうございます」

さて、このゴルモディアはバッカスに頼んで剣を打ってもらおうかな。ドワーフだけあってバッカスのジョブは鍛冶の匠だった。ただの酒好きのおっさんではないのだ。

王都ダンジョンの七階層の探索から帰ってすぐにバッカスに面会を求めた。

「これはっ⁉」

椅子から立ち上がったバッカスが飛びついたのは、あのゴルモディアという金属の塊だ。

「これをどうしたっ。どこで手に入れたっ」

「ダンジョンの七階層のボス部屋です」

「七階層かっ⁉」

「ハイレアドロップアイテムだと思います」

「むむむ」

その顔は今すぐにでも取りに行こうと思っていたようだな。ハイレアアイテムは滅多なことではドロップしない。しかも七階層は簡単に行けるような場所じゃないんだが、バッカスなら行けるか……。

鍛冶の匠・レベル三六だと腕力がかなり高く攻撃力もある。メンバー次第で到達できるだろう。

「これをワシのところに持ってきたということは……」

「ええ、それで剣を打ってもらいたいと思ったのです」

「よし、任せろっ！　これはワシにしか鍛えられん！　今すぐ領地に帰るぞ！」

いやいや今帰ったらあかんやろ。なんのために王都に出てきたんだよ。

「落ちついてくださいよ。今すぐは帰れないでしょ」

「何を言っておるか⁉　これ以上に大事なことなど、酒くらいなものだっ」

酒のほうが大事なのかよ！

ツッコミどころ満載のバッカスは、翌日朝早くにゴルモディアを持って領地に帰った。

謁見の日までに戻ってくると言っていたが、大丈夫なのか？　俺、知らんからな。

その後の俺たちは、七階層を周回してレベル上げと、資金稼ぎをした。

王都ダンジョンで得たアイテムの換金額は総額で二〇〇〇万グリルを少し超えた。二億円以上になる。バッカスに剣を打ってもらう時の報酬に充てようと思う。

俺以外全員が、レベル四〇になった。俺は転生勇者、暗殺者、剣豪の三ジョブがレベル三八になり、探索者がレベル三〇、エンチャンターがレベル三五になった。

バルカンの守護騎士・レベル四二の背中が見えてきたぞ！

あとダンジョン探索には関係ないけど、バッカスの酒に付き合っていたおかげで酒豪のレベルがどんどん上がって一五になっていた。

ようやく褒美をもらう日になった。バッカスはまだ帰ってこない。まあ、本番までに時間はある。

王城は公爵の城よりも大きく立派な城だ。公爵のほうは防衛の拠点のような感じだったけど、こっちは権威の象徴といった感じかな。

各貴族に部屋があてがわれているから、待つ間はアンネリーセの膝枕で仮眠をとった。

二時間くらい待ったかな。係の人が呼びに来た。

離れがたきアンネリーセの太ももの感触だが、無理やり体を起こして背伸びした。

「トーイ様。寝ぐせがついてしまいますよ」

「そんなものどうでもいいよ」

「よくはありません」

アンネリーセが優しく櫛（くし）でとかしてくれる。この世界に飛ばされて髪を切ってないから、結構伸びたな。

「綺麗な銀髪です」

「長いから、そろそろ切ろうかな」

「もったいないです」

「邪魔だし」

「こうすれば邪魔になりませんよ」

アンネリーセが銀髪を後ろで三つ編みにしてくれた。女の子なら喜んだところだろうけど、さすがにねぇ。

せっかくアンネリーセが編んでくれたから、このままで授与式に出ることにした。

「トーイ＝フットシックル男爵のごにゅーじょー」

両開きの大きな扉が重々しい音を立てながら開いていく。扉の向こう側から光が目に飛び込んでくる。あまりにも眩（まぶ）しくて、思わず目を閉じてしまった。

そこは豪華な謁見の間で、数多くのシャンデリアや照明が光を放っている。ロウソクの炎ではないから魔導アイテムだ。これだけのシャンデリアにどれだけの魔石を使っているのか気になってしまうのが、庶民なところなんだろうな。

真っ赤な絨毯（じゅうたん）は謁見の間のお約束らしい。毛足が長くてふわふわの上を進む。

俺のすぐ後ろにはアンネリーセとガンダルバン、そのさらに後にロザリナたち。

両サイドには貴族たちが並び、俺たちを値踏みしている。入り口に近いほうが男爵で玉座に近いほど爵位は上がる。

伯爵エリアにはザイゲンの顔もある。相変わらず眉間のシワが深い。

公爵の姿があった。と思ったら、嫌な顔ぶれがあった。勇者たちだ。玉座から見て左側が公爵たち貴族、右側が勇者たちだ。

その中には日本で俺に酷いことをしていた赤葉真児の姿もあった。あいつらの顔を見るとどす黒い感情が噴き出しそうになる。

あれは、高校一年生の冬のことだった……。


もうすぐクリスマスがやってくる師走の頃、俺は下校途中に書店に寄った。愛読しているマンガ雑誌の発売日だったんだ。

あまり大きな書店ではないから人気のある雑誌はともかく、俺が愛読していたマンガ雑誌の入荷数は少なく、いつもすぐに売り切れる。だから予約してあった。

その本を購入する前に一通り本を見て回っていると、同じ制服の男子がいた。クラスメイトの苗場(なえば)康太(こうた)だった。

彼はあまりにも挙動不審で、汗を大量にかいていた。この時期ではちょっと走ってもそこまでかかないだろうというくらいの汗の量だ。

ちょっと気になったから苗場のことを見ていたら、本をカバンの中に入れたのだ。支払いを済ませたものじゃない本だ。いわゆる万引きというやつだった。

その場を離れようとした苗場の腕を思わず掴(つか)んでいた。

「なっ」

俺は首を横に振ってから、腕を離した。

苗場はあたふたして本を棚に戻し、走って店を出ていった。

その後、苗場を見たのは、校舎の陰で暴行を受けているところだった。そう、あいつだ。赤葉のグループ八人が、蹲(うずくま)ってカメのようになっている苗場を蹴っていた。

そういう胸糞(むなくそ)の悪いものを見ると、つい口を出してしまう。俺の悪いところだ。

「子供みたいなことは止(や)めておけよ」

「ああん。なんだお前」

内田颯(うちだはやて)という赤葉グループの構成員その一がメンチを切ってきた。いつの時代もこういう学生はいるらしい。古いマンガで見たことがある。

「暴行。立派な犯罪だ。止(や)めておけよ」

「はんっ。誰が暴行したっていうんだ。なあ、ドンガメ」

暴行を受けていた苗場の襟首を持って立たせると、内田は彼に聞いた。

「だ、だれも……」

「だってよ。ははは」

俺は首を振ってそれでいいのかと苗場に聞いたが、彼はおどおどしながら頷(うなず)いた。赤葉たちが怖くて、嫌だとは言えないのだろう。そんなことは俺にも分かっているが、それ以上口を挟めない。

彼が意思表示しなければ、何も変わらないのだから。

「ほどほどにするんだな」

そう言って立ち去ろうとしたら、背中を蹴られて倒れた。

その後は赤葉が馬乗りになって俺を殴っていた。両手両足は赤葉グループの構成員たちに押さえつけられて、俺はただ殴られるしかなかった。

俺は声を出さなかった。声を出せばこいつらを調子に乗せる。こんなことで俺が止めてと頼むとでも思ったか。


翌日の俺の顔は凄く腫れていた。教師は赤葉と聞いた瞬間、さーっと退いていった。赤葉の父親が国会議員なのは有名な話だ。これまで何度も問題を起こしては、父親の権力で揉み消している。

それから毎日俺は殴られ蹴られた。ただやられているつもりはない。多勢に無勢だから、負けるかもしれない。きっと負けるだろう。だからといって抗うことを止めたら、そこで俺は終わる。そう思ったからどれだけ殴られても俺は赤葉たちに怯まなかった。

十発殴られても百回蹴られても、俺は隙をついて殴り返した。そしたらまた殴られた。それの繰り返しだ。バカなことをしていたと思う。今思えば、ただやられるだけの存在になりたくなかったのかもしれない。

教師は俺が赤葉を殴ったと咎めてきた。俺の体中の痣を見ても、何も言わないのにな。元々尊敬するような人物ではなかったが、それ以来蔑視するようになった。

高校二年、三年も赤葉たちは飽きもせずに俺に絡んできた。どれだけ殴られても許しを請わないのが、気に食わなかったようだ。

嫌がらせはそれだけじゃない。クラスメイトたちは俺を無視した。教科書が破られたり、なくなったことも一度や二度ではない。体操服が破られ、イヌのクソがカバンに入れられていたこともあった。

あいつらの暴力は日常的で、教師は何も言わない。ある時、俺は入院することになった。病院から通報を受けた警察が捜査を行ったが、すぐに打ち切られた。国会議員の父親の圧力だ。警察が及び腰になるのは、高校生の俺でも想像できた。

そんな俺たちは、ある日召喚されることになった。

召喚された時、俺は神に会った。そこであいつらと一緒に召喚されることを拒否した。

別に暴力に屈したわけではない。こっちの世界でも俺はあいつらに屈しない自信がある。絶対に心は折れない。折られるつもりもない。

召喚を拒否したのは、勇者として異世界に送ると聞いたからだ。

神は言った。強力なジョブだから、今までの鬱憤(うっぷん)を晴らせると。

最初はちょっと考えた。あいつらに思い知らせてやろうと。だけど止めた。

力を得たからあいつらを殴るというのは、あいつらと同じになる。だから俺は一緒の召喚を拒んだ。俺はそんなクズになりたくなかったのだ。

赤葉たちに暴力を受け始めたのは、二年も前のことだ。

そして、神と出会ったのは、何カ月か前のことだ。

あの時、召喚を拒否してなかったら、どうなっていたのだろうか。赤葉のようなクズに成り下がっていたのかな。

いや、それはない。そうならないために、俺はトーイになったのだ。その選択は、今でも間違っていなかったと思っている。


しかし……赤葉は異世界でもクズだな。

なんだよその犯罪歴は。お前どれだけの罪を犯しているんだよ。

地球の頃の犯罪歴もあるけど、こっちに召喚されてからのも多いな。

召喚されてまだ数カ月しか経ってないのに、なんでそこまで犯罪歴があるんだよ……。

こいつらの管理は国がするべきだからあえて何かをする気はないが、こいつを放置していたらいずれ人殺しをしそうだ。何せ、地球では放火までやらかしているのだ。

俺が国王なら、こんな奴を勇者だとありがたがらないぞ。

まあ、召喚したんだから責任もって管理しろよ。それができないなら、最低でもやったことに対する責任はとらせろよな。


赤葉たちの顔を見るとはらわたが煮えくり返りそうだから無視だ無視。あれは案山子だと思え。

そう自分に言い聞かせ、薄墨桜のような髪色をした王女の前に立って頭を下げた。

「トーイ＝フットシックル男爵。悪魔討伐、まことに喜ばしいことです。よってここに褒美をとらせます」

文官が綺麗な袋に入れられた剣をトレイに載せて持ってきた。

「王家所蔵の魔剣サルマンを授けます」

貴族たちがざわめいた。なんだろうか？

不思議に思いながらその魔剣サルマンを受け取る。

「ありがとうございます」

やけに軽い。とても金属の塊とは思えない軽さだ。軽いと言われているミスリルで作られた両手剣でもこれの数倍重い。俺は騙されているのだろうか？

「フットシックル男爵家家臣ミリス＝ガンダルバンに魔剣を授ける」

「感謝いたします」

皆にも褒美が渡されていく。

ジョジョクも魔剣、リンは魔槍、ロザリナは武器を使わないから良い防具、愛の賢者になったアンネリーセとソリディアにはミスリルの杖で、バースにはミスリルの短剣が贈られた。

皆のは袋に入ってないのに、なんで俺のだけ袋に入っているんだろうか？　それだけいいものと思えばいいのかな？　よく分からん。

三章

ざまぁ展開が向こうからやってきた

授与式はつつがなく終わる……ことなく、まさかここまでバカだとは思っていなかった。

「その魔剣を俺に寄こせ」

俺たちに魔剣などが授与された直後の赤葉の発言だ。

この場面でそれを言うかと、さすがに赤葉の神経を疑った。絶対脳みそ腐ってるだろ。

静まり返る謁見の間。この空気をどうするんだよ。俺は知らないぞ。

「アカバ殿。何をバカなことを言っているのですか」

「こんな弱そうな奴より勇者の俺のほうが、魔剣を上手く扱うってもんじゃないのかよ。エルメルダ」

呼び捨て？　そういう仲なの？　いや違うな。王女のあの目は汚物を見るような目だ。そうなると赤葉が勝手に王女を呼び捨てにしているってこと？　……どこまでもバカだな。

「これは褒美です。アカバ殿も褒美をもらえるようなことをしたら、王家が所蔵している魔剣を下賜しましょう」

「弱っちぃ武器でモンスターなんか倒せないだろ。最初から魔剣を寄こせってんだ」

弱い武器で戦いたくないというのは同意するが、だからといって俺がもらった魔剣を赤葉に譲渡する必要性を感じないし、あり得ない。

そもそもスキル・聖剣召喚を持っている勇者が、何を言っているんだ。俺は勇者だということを隠しているが、お前たちは公になっているんだからバンバン使えばいいんだ。時間制限があってもボス戦などに使える強力なスキルで武器だぞ、聖剣は。それに魔法も使えるだろ、勇者なんだから。

「弱いのは貴方ですよ、アカバ殿」

「なっ!? てめぇ」

よく言った王女様！　そういう正直な人、嫌いじゃないよ。

「フットシックル男爵。それは貴方のものです。アカバ殿の言葉は無視して構いません」

はっきりと言うね。赤葉が睨んでいるけど、王女はどこ吹く風だ。完全に無視。

「おい、お前！」

え、俺？

「その魔剣をかけて俺と勝負しろ！」

「………」

開いた口が塞がらないというのは、このことだ。

まさかこんな絡みがあるとはさすがに思っていなかった。

「アカバ殿。バカなことは言わないように」

「魔剣ってのは、俺のような勇者に相応しいだろ」

「アカバ殿！」

「ちょっと待て、赤葉。お前だけずるいだろ。俺だって勇者だ。その権利は俺にもある」

「内田、てめぇ」

いやどんな権利だよ⁉

俺は心の底からツッコミを入れてしまった。

これ、お前たちに所有する権利はないんだぞ。それが分からないのか？

「だったら俺も権利を主張するぜ」

内田だけじゃなく土井まで名乗りを上げた。いずれも俺に暴力を振るっていたクズたちだ。

しかしなんで俺がもらった魔剣を、お前たちがもらう話にすり替わっているんだ。俺の頭がおかしいのか？　そんなわけない。俺はおかしくない。おかしいのはこいつらだ。

「「さっさと寄こせよ」」

何を言っても聞く耳を持たないとは呆れる。

王女が頭を抱えているんだけど、これどうするんだよ？

内田と土井は赤葉の腰巾着だったのに、ずいぶんと強気だな。異世界に来て赤葉の父親の影響力がなくなったからか？　それで赤葉グループから独立して調子に乗っているのか？　どいつもこいつもクズすぎるだろ。

「「おい、お前。早く俺に魔剣を寄こせ」」

「無理」

なんでお前たちに魔剣を恵んでやらなければいけないんだよ。

「「だったら勝負だ！」」

「面倒」

と返事してみたが、こいつらを公然とぶっ飛ばせるのか……。いいかも。こいつらに復讐する気はなかったけど、ここまで言われたら痛い目を見させてやってもいいだろう。

それに転生勇者・レベル二五で発現したスキル・手加減があれば、こいつらを殺すことなく好きなだけぶっ飛ばせる。殴って殴って殴っても、どんなに殴っても死なない。いいかもしれない。

「「「逃げるのか!?」」」

すっげーやる気になってきたぞ、こいつらに地獄を見せてやろうじゃないか。

殺さずこれまでの恨みを晴らせるんだから、この決闘を受けてもいい。心は殺すかもだけど。

ん、ちょっと待てよ。俺はなんでここまで殺さないことに拘っているんだ？

たしかに召喚当初は殺したくなかった。俺は殺されてないから、殺すほどではないと思ったのかもしれない。だけどこの世界に来て、俺は盗賊を何人も殺しているじゃないか。

この世界に染まりつつあるということか……。環境は人を変える。あり得る話だ。この世界は死が身近にある。日本のように甘い考えは通じない。奪い奪われ、殺し殺されが当たり前にある世界なんだ。

「おい、早く魔剣を寄こせよ！」

考え込んでいると、赤葉が叫んで思考の海から俺を引き上げた。堪え性のない奴だ。

「その勝負を受けて、俺になんのメリットがあるの？」

一応、嫌だな～っという体をアピール。

「「「俺たちの魔剣だ！」」」

えぇぇ……言葉が通じないんですけど。

「殿下。彼らの対応は、私とフットシックル男爵に一任していただいてよろしいですか？」

公爵登場！　どうするつもりなの？

「と言いますと？」

「このような暴挙を許しては、王国の恥になります。あの者たちには、そのことを分からせてやりたいと思っております」

許さないというのには同意だけど、何をどうするんだろうか？

「分かりました。……これまでは召喚した負い目もありましたから勇者たちを自由にさせていましたが、今回はもう看過できません。ガルドランド公爵とフットシックル男爵に対応を一任します」

負い目があったことに、驚きだよ。召喚が拉致だって分かっているんだな、王女は。

まああの召喚は断ることができるはずだから、拉致にはならないんだけどな。

召喚される時に神は言わなかったが、断れば召喚されなかったと俺は思っている。神としてはこっちの世界に送りたいから、あえてそういうことを示唆しなかったんだと思う。聞いたわけではないけど、確信めいたものがあるんだよな。

その証拠ではないが、こいつらと一緒に召喚されるのを拒否した俺は、別の場所に転生という形で送られた。俺が特殊だったのではなく、いくつかの選択肢があったのだと考えるほうが妥当なんだと思っている。

俺もそうだがクラスメイトたちは、神と会って平静ではいられなかっただろう。冷静に考えられないように、神がしていたのかもしれない。

とにかく、俺は一緒に召喚されることを断って転生になったが、行きたくないと言えばそれで元の世界に戻されたはずだ。

「それで、どうされるのですか？」

「簡単なことです。フットシックル男爵には、あの三名と決闘をしてもらいます。彼らの誰かが勝てば魔剣サルマンを与え、負ければ魔剣サルマンの価値に応じた金額を支払ってもらいます」

公爵がニヤリと口角を上げた。あれは悪だくみしてる顔だと思う。王女はちょっと引いてるように見える。他の貴族たちもだ。

あいつらが俺に勝てないにしても、そこまで引くのはなぜだ？　……ああ、そうか。あいつらを任意奴隷にするんだな。

魔剣サルマンを詳細鑑定で見たら、国宝として大事に保管されていたものだというのが分かった。その価値は二億五〇〇〇万グリル。国宝だけあってかなりの金額だ。

ジョブ・勇者を持っている人が真面目に働けばすぐに稼げる金額だけど、あいつらではな……。

任意奴隷は借金を返さないと、一生奴隷のまま。借金を返すまで主（あるじ）の言うことを聞かなければいけない。

任意奴隷には権利があるけど、なんでも拒否していたら最後はその権利を取り上げられて鉱山や戦場に送られて使い潰（つぶ）される。公爵はそれを狙っているんだろう。

「他にあの魔剣が欲しい者はいるかな？　……いないようだな。では、その三名がフットシックル男爵と決闘をするということでよいかな」

「「「いいぜ」」」

「そなたら三名が負けた時は、魔剣の価値に見合った金額を支払うことになることに同意するかね？　ちなみに魔剣サルマンの価値は――」

「「「いいから早くしろよ」」」

こいつらバカだ……。なんでここまでバカなんだ？　こっちの世界に権力者の父親はいないんだぞ？　摂政をしている王女や公爵を敵にしてまともに生きていけると思っているのか？　それを撥ねのけられる武力があるなら別だけど、今のお前たちではなぁ。

俺を含めて魔法契約書にサインして決闘することになった。

この三人を殺しても罪に問われないが、殺さないようにというものだ。俺もそこまでするつもりはない。むしろこの魔剣の価値分の借金を背負って苦しんでくれたほうが溜飲が下がるというものだ。

「さっさと勝負するぞ！」

「俺がこいつをぶっ飛ばす！」

「魔剣は俺のものだ！」

三人はくじ引きで俺と戦う順番を決めた。最初は土井、二番目が内田、最後が赤葉だ。

決闘だけど殺さないようにと、訓練用の刃を潰した剣が使われることになった。もちろん俺は両手剣だ。

土井は元柔道部で百キロ級の選手だったはずだ。まともに練習にも出なかったから成績は大したことはなかったと記憶している。丸刈りだった髪は伸びたが、これがまた似合っていない。

「へへへ。魔剣は俺がもらうぜ」

武器は剣だが、俺が隠れられそうなくらい大きな巨剣だ。てか、それ刃を潰してないだろ。

「ツチイ殿。その剣は刃を潰してないから使用できない」

審判をするのは王国騎士団の団長らしい。名前はバルバドス。バルカンのようにゴツイ容姿ではなくイケメンでスマートだが、この団長からもバルカン同様あなどれない気配を感じる。

詳細鑑定で見てみたら剣王・レベル四三だった。剣豪やソードマスターと同じように剣士の上位ジョブだ。しかしバルカンよりもレベルが上とか、さすがは王国騎士団長だ。

「俺が使える剣がないんだから、しょうがないだろ」

あれだけの巨剣だから、練習用のものがないのだろう。

「それでは殺し合いになる。他にも大きな剣はあるのだから換えてくるように」

「他のは手に馴染(なじ)まないんだよ」

「それはフットシックル男爵も同じこと。それが嫌なら棄権とみなすぞ」

「ちっ」

土井は舌打ちし、唾を吐いて剣を換えに向かった。態度が悪すぎる。バルバドスはよく我慢しているな。つい以前のように口を出しそうになったぞ。我慢した俺も成長しているということだな。

訓練用の一番大きな剣を持ってきた土井は、ブンブン振り回して調子を確かめる。乾いた土が舞い上がるくらいには鋭い振りだ。名づけるとしたら、無駄に大きな団扇(うちわ)かな。

「それでは魔剣サルマンをかけた決闘を執り行う。相手を殺すことは禁止だが、事故で殺してしまった場合は罪に問われない。勝負の判定は相手が倒れて十カウントで起き上がってこないか、降参するかだ。倒れている相手への攻撃は反則とみなす。それ以外はなんでもありだ。以上だが、質問はあるか？」

「ねぇーから、早く始めようぜ」

「問題ありません」

バルバドスが頷き、右手を上げる。

「これより勇者サダオ＝ツチイ殿とトーイ＝フットシックル男爵の決闘を行う。――始め！」

バルバドスの右腕が振り下ろされると同時に、土井が地面を蹴って突進してくる。

その攻撃を見切った俺は、最小の動きで躱して足を引っ掛けた。土井は派手に転んだ。柔道部だから受け身くらいとれると思っていたが、顔面から地面に激突して鼻血を出した。

「てめぇ、このアマ！」

アマ？　女？　どうやら土井も俺のことを女と勘違いしているようだ。

あいつらには俺の言葉が通じないから、あえて否定はしない。面倒だから、勝手に思い違いをさせておけばいい。

「ぶっ殺す！」

魔法契約書で縛られているから、故意に殺すことはできないんだけどね。ぴたりと土井の動きが止まる。ほらね、魔法契約書の効果で動けなくなった。

「くっ……なんだこれ」

剣を振り上げたまま動けなくなった土井に近づき、俺も剣を振り上げる。

「や、止めろ。卑怯だぞ」

「審判は止めてないですよ」

決闘前にあれほど注意されたのに、殺意を持ったら動けなくなると。どうせ聞いてなかったんだろ？　だからといって俺が手を緩める理由にはならない。

さて、少し実験をさせてもらおうかな。

スキル・手加減を発動し、剣を振り下ろす。

「がっ」

倒れそうになる土井をさらに斬り上げ、空中に浮かす。土井が気絶しない絶妙な場所を攻撃。簡単に気絶したら、恐怖を与えられないじゃないか。

この時点で土井の生命力は残り一〇ポイントまで減った。

土井の体が宙に浮いた状態のままボコボコにする。生命力は一〇以下にはならない。

土井の目が恐怖で染まる。そういう目をした人をこれまでに、好き勝手に殴ってきたんだろ！

次は出血させてみる。鼻血も出血だけど、あれで死ぬことはないだろう。

剣の先でわざと腹部を抉って出血させる。もちろんスキル・手加減は発動したまま。そこそこの出血だが、生命力は減らない。

攻撃を続ける。もちろん土井は空中で固定。倒れたら攻撃できないからね。俺に殺意はないから魔法契約書の効果は発動しない。何度攻撃しても生命力は一〇のままだったけど、二十秒ほどで生命力が九に減った。さらに攻撃を続けていくと生命力が一ポイントずつ減っていく。この生命力の減少は出血によるものだと考察した。

殺意を込めてないから魔法契約によって動きを拘束されることはないが、殺したら面倒なことになる。そろそろ止めておこう。

土井には十分な恐怖を与えた。しばらくは立ち直れないだろう。

「ツチイ殿、ダウン！」

バルバドスが土井に駆け寄り、状況を確認。

「救護班！」

体中の骨が複雑骨折。腹から出血。内臓のいくつかは傷ついて危険な状態だ。普通なら全治半年から一年くらいの怪我(けが)だろう。

土井はその場で神官に治療されて、担架で運ばれていった。

しばらく悪夢に魘(うな)されるかもしれないが、それくらいの罰は受けるべきだろう。


続いて内田との決闘。休憩は必要ない。疲れてないからね。

内田はやや短めの剣を二本持っている。二刀流かよ。

「俺は土井と違う。覚悟しろ」

そう言っている時点で同じ穴の貉(むじな)だと思うんだが、内田にはそれが分からないようだ。

バルバドスが注意事項の説明をし、始め、と腕を振り下ろす。

土井と違って内田は徐々に間合いを詰めてきたが、俺は無造作に歩いて内田に近づいた。内田は大きく飛びのいて、俺のほうに手を向けた。

「ストーム！」

嵐の勇者が持つ、嵐魔法を発動させた。

渦を巻く風の刃が、俺に迫る。

「ダブルスラッシュ」

竜巻をスキル・ダブルスラッシュで迎え撃って、掻き消す。

「なっ!?」

驚く内田との距離を一気に詰め、スキル・手加減を発動しつつ左の拳で内田の腹部を殴りつけた。

「がはっ……」

空中に浮き上がった内田をボコボコにする。肋骨を折り、両腕の骨を折り、両足の骨を折り、顎を砕いて顔中を殴る。

顔がパンパンに膨れ上がった内田が、腫れて塞がった目から涙を流す。顎を砕いているから喋ることもままならず、降参もできない。

俺の気が済むことはないが、殴り続けて内田の体に恐怖を刻み込む。

スキル・手加減のおかげで生命力は一〇ポイント以下にはならない。どれだけ殴っても気が済むことはないが、いい加減飽きてきたので手を止める。

ドサリッと地面に落ちて横たわる内田。意識はあるが、とても起き上がれる状態ではない。

バルバドスが駆け寄り救護班を呼んだ。


最後は赤葉だ。

「雑魚（土井と内田）に勝ったからって、調子に乗るんじゃねぇぞ」

あの二人を雑魚と言うが、ステータスとしては赤葉のほうがやや低い。それを分かって言っているのなら大物かもしれないが、分かってないだろ、絶対。

「無視してんじゃねぇぞ、アマァ」

無視というよりはかける言葉が思い浮かばないというのが正しい。

「びびってんのか、あぁんっ」

呆れているんだよ。

「アカバ殿。説明を聞いているのか？」

バルバドスがため息交じりに問いただした。

「聞いてるから、さっさと始めろよ」

絶対聞いてないだろ。

バルバドスは顔を振っている。呆れ果てているのがよく分かる態度だ。

「フットシックル男爵は構わないか？」

「ええ、構いません」

今度も期待しているぞと、いい笑みを向けられた。

任せてもらおう。誰かに言われるまでもなく、ぎったぎたにしてやる（ジャ●アン風）。

「これより勇者シンジ＝アカバ殿とトーイ＝フットシックル男爵の決闘を行う。――始め！」

俺から一気に間合いを詰めた。赤葉は目を丸くした。

剣を横に薙（な）いで、赤葉の鎧（よろい）を破壊。吹っ飛んだ赤葉が、壁に激突。

スキルに頼らずかなり手加減したから、生命力の減りは三分の一くらいで済んだ。気絶はしてないが、今ので足にきているようだ。立ち上がるのに、かなり苦労している。

「五……六……七……」

バルバドスは機械的にカウントしていく。

「このアマ……やってくれるじゃねぇか」

赤葉は剣を杖のようにしてなんとか立ち上がり、バルバドスのカウントが九で止まった。

「アカバ殿、まだやるのか？」

バルバドスが戦意の確認をすると、赤葉はキッとバルバドスを睨んだ。

「やるに決まってんじゃねぇか。バカ野郎」

頭に血が上って暴言を吐く。もっとも頭に血が上らなくても暴言野郎だが。

「うりゃーっ」

赤葉が剣を振り回してくるが、俺はそれを見切って躱す。当たりそうで当たらない絶妙な回避だ。

「ちょこまかと」

赤葉の大振りの攻撃に当たるわけがない。

バルカンのシゴキを受けたおかげで、スキルに頼らずともこのくらいは普通にできる。あの地獄の日々は無駄じゃなかった。

「しゃらくせーっ」

大きく振りかぶって飛び込んできたところに、カウンターで顔面を殴る。

某ポケットの魔物のアニメに出てくるやられ役のように、ピューンと飛んでいって壁にぶち当たる。

今ので鼻が折れたな。

「それでも勇者か！　早く立ち上がって戦え！」

「日頃の威勢はどうした。この無能勇者が！」

「戦う以外に存在意義なんてないのにその様（ざま）はなんだ！」

「ただのクズなんだから、そのまま寝ていていいぞ！」

バルバドスのカウントの声を掻き消すような罵詈雑言（ばりぞうごん）。俺も嫌いだけど、貴族や役人も赤葉を嫌っているようだ。

「うっせーんだよっ」

立ち上がった赤葉が観客（貴族たち）に向かって叫んでいる。罵倒（ばとう）されて我慢できなかったようだ。沸点が低いな。

「遅延行為は棄権とみなすぞ、アカバ殿」

「黙ってろよ、この腰巾着（こしぎんちゃく）野郎がっ」

鼻が陥没して発音がはっきりしないから、思わず笑ってしまう。

「何笑ってるんだっ」

「その顔で凄（すご）んでもと思っただけだ」

「このアマッ。ぶっ殺す！」

だからそういう感情を抑え込まないと、自滅するぞ。

「唸（うな）れ！　バーニング・フレア！」

手のひらを俺に向けた赤葉の恥ずかしい言葉が響く。

が、魔法は発動しない。

魔法契約書にサインしているんだから、殺そうとする攻撃ができない。まったく学習しないのな。

「なんでだ!?」

魔法契約書の内容を確認もせずにサインしたんだろうな。愚かとしか言いようがない。

「降参するならこれ以上痛い目を見なくて済むぞ、どうする？」

「誰が降参なんかするか」

それならしょうがない。

間合いを詰め、剣の腹で赤葉の側頭部を殴打。意識が飛んだ赤葉は倒れそうになるが、蹴り上げて殴る。殴る殴る殴る殴る殴る。

蹴って殴ってまた殴る。白目を剥いているのを無理やり意識を引き戻す。

「や……」

口を開こうとするが、殴って遮る。

涙を流しているが、構わず暴力を振るい続ける。

生命力は一〇ポイントで固定。出血はあるものの、その量は大したことないから生命力は減らない。

全身の骨という骨を砕く。筋肉や腱を断つ。内出血や内臓破損によって生命力が下がり始める。

これ以上は死んでしまうか。

それじゃ、最後だ。フンッ！

赤葉の股間に剣を突き刺す。刃が潰されていても防具を貫通させていちもつを切断し、さらに切断したものを粉々に斬り刻む。

「ふー……」

攻撃を止めると、赤葉は股間を押さえて蹲る。涙を流して痙攣している。

バルバドスがすぐに救護班を呼び、治療が施される。

しばらくは寝たきりだと思うけど、死んでないんだから問題ない。あれはなくなったけどな。

この野郎、強姦の常習犯だ。ほとんどは日本でのことなので王女は放置しているが、最近この世界の女性を強姦しているようだ。だからあれを斬り落としてやった。もちろん、玉のほうもだ。

あれを斬り落としても優秀な神官ならくっつけることができるが、あれ自体がないと再生させなければならない。再生は簡単ではないので、あれを切断して粉微塵に斬り刻んでやった。

あれがなければ、赤葉の性欲も多少は収まるだろう。死んだわけではないのだから、心を入れ替えてやり直せ。無理だと思うが。

しかし我ながらよくも殺気をここまで抑え込めたな。魔法契約を取り交わしたから殺意のある攻撃ができなかったが、なんとかなったか。

頭では分かっていたが、心をどこまで抑え込めるか分からなかった。俺の精神力も捨てたものではないぜ。

城の控室で待っていると、王女と公爵がやってきた。

「フットシックル男爵。この度は迷惑をかけましたね。これは約束のものです」

王女が合図すると、大量の箱が運び込まれてきた。お金があまりにも多いから、箱に入れてきたのだ。

全部十万黒金貨で七千五百枚ある。二億五〇〇〇万グリルが三人分だから七億五〇〇〇万グリルだ。一生遊んで暮らせるんじゃないかな。

「あの三人はどうしてますか？」

「三人とも奴隷にしました。彼らにはこれから返済のためにしっかりと働いてもらいます」

借金による任意奴隷だと人権はある。しかしこれだけの借金を返すのに、危険なことはしたくないなどとは言っていられない。人権があっても返済目途が立たない場合は強制できるそうだからね。あいつらは強制的に戦いの場に行かされることになると王女は言う。

「自業自得だな」

公爵は優雅にお茶を飲んでから吐き捨てるように言った。

初めてあいつらに会ったんじゃないの？　そんなにあいつらが嫌い？

「違う世界にやってきて戸惑うのは仕方がない。だからといって傍若無人な振る舞いをしていいというものではないだろう」

ごもっとも。

「それに聞いていた以上にバカ者たちだったから、ついな」

つい、で奴隷にするのか。あいつらがバカなのが悪いんだけど、公爵も容赦ないね。

「勇者とはいえ、王女であるエルメルダ様にあのような不遜な物言い、許せる限度を超えている」

不遜な発言は、否定できない。心の中でどう思っていようと、ある程度は礼節ある発言をするべきだ。俺も大人になったものだと苦笑する。

「きゃつらはこれから真面目にダンジョン探索をするだろう。借金を返すためにな」

俺と公爵は笑いあった。王女がちょっと引いている。でも奴隷にしたことで、本来の目的を果たせるよね。

勇者召喚はダンジョン内で増えたモンスターを間引くためのものだ。

この世界で生まれた人の初期設定ジョブは村人だけど、召喚された異世界人は最初から強力なジョブを持っている。だから真面目にダンジョン探索すれば、一年で十階層くらいは踏破できるらしい。

もちろん、個人差はあると思うし、勇者だからといって誰でも十階層を踏破できるものではない。目標は十階層までのモンスターを間引くことだから、そこまで行ってモンスターを間引いたら、目的は達成。十階層のボスを倒す必要はないらしい。

「元の世界に戻すことはできないのですか？」

俺は戻る気はないが、召喚組の中には戻りたいと思っている人もいるだろう。

「過去の文献を確認させましたが、無理だということです」

王女はすまなそうに言うが、召喚しっぱなしはアカンだろ。そのために叙爵して優遇するのかもだけど、ちょっと納得いかないものがある。

まあ、勇者たちも召喚を拒否しなかったのだから、お互い様だけどね。

叙勲が終わり赤葉たちの相手も終わったから帰ろうと、廊下を歩いていたら呼び止められた。見覚えのある顔だ。

「何か？」

「少しだけ話をさせてもらえないかな」

元クラスメイトの男子生徒だ。メガネをかけて細身だが、背は高い。マッチ棒のような彼は、インテリというよりはオタクの臭いがしそうな風貌だ。

「城を辞そうとしていたところなので、ここで済ませてもらえるかな」

「僕はそれでもいいけど、藤井君は困るんじゃない？」

「……」

こいつ、俺の正体を知っているのか？　どうしてバレた？　俺のどこに隙があった？

できるだけ黙っていたから、バレないはずだ。こんな容姿の俺を、藤井だと誰が思うのか？　しかも、彼は言い切った……。

「別に敵対する気はないんだ。話を聞いてほしいだけなんだ」

「……いいだろう」

先ほどの控室に戻る。

「皆は部屋の外で誰も入れないように見張っていてくれ」

「ご主人様……」

「アンネリーセ。俺はトーイだ」

不安そうな表情のアンネリーセの頬に手をそえる。

「大丈夫だよ」

「はい」

部屋の中に入ってソファーに座る。

「で、話というのは？」

「僕をこの城から連れ出してほしいんだ」

「はぁ？」

こいつは何を言っているんだ？　そういうのは可愛い女の子が言うセリフだろ。って、ちゃうわ。なんで俺がこいつを連れ出さなければいけないのか。そもそも外出の自由がないのか？

「この城の人はいい人が多いんだ。でもさ、外出の時は護衛がついてウザいんだよね。それに藤井君も知っての通りクラスメイトたちはクズばかりだからさ。僕はせっかくの異世界を堪能したいんだよ。だから城住まいは不本意だし、外出時にいちいち護衛がつくのもね。藤井君だったら分かるよね？」

城の人たちはいい人たちばかりなんだな。そのことに少し驚きを覚えるよ。厭味な貴族とかいるかと思った。

それに護衛がつけば外出も自由なら、それくらいいいだろ。この世界では簡単に人は殺されるし、誘拐も身近なものだ。前世のような平和な国でも世界でもないのだから。

「最初に言っておくが、俺は藤井ではない」

「あー、そうか。トーイ＝フットシックル男爵という設定だったね」

設定とか言うなし。

「でもねトーイってことでしょ。それにフットシックルも足と鎌だから、藤原鎌足もしくは中臣鎌足を連想させるよね。しかもこの世界では誰も使ってない藤を紋章にするとか、間違いなく日本人だよね。それも藤原鎌足の系譜だというのが分かるんだよね。藤井ってさ、藤原氏の傍系だよね。だから藤が家紋だったんじゃないかな。藤原氏の傍系が地方で姓を変えるのはよくあるもんね。そして僕を含めて三十五人のクラスメイトが、三十四人しかいない。いない一人は藤井君。ここまで材料が揃ったら、トーイ君イコール藤井君なのが分かっちゃうよね」

よく喋る奴だ。しかも完全に俺のことを藤井だと思っているようだ。正解だけど、このままイエスと言うのは負けた気がする。

「何も藤井君に食べさせてとは言わないよ。僕を庇護下に置いてくれさえすれば、いいんだ。僕も働くからね。これでもアイテム生産師だから、武器や防具だけじゃなく、便利なアイテムを作ることができるよ。僕をそばに置いておくと便利だよ」

次から次へとよく喋るな。鬱憤が溜まっているのか？

こいつがアイテム生産師なのは詳細鑑定で見たから分かっていたが、さてどうする。嘘を言っているようにも思えない。敵意は感じないし、悪意もなさそうだ。どういう選択が正解だ？

「ただの男爵の俺に、あんたを保護することなんてできないぞ」

「それじゃあ、僕を居候させてくれないかな。それだけでいいよ。男爵だから屋敷に住んでいるんでしょ？　一部屋くらい空いているんじゃない？　それに僕をこのまま城に置いておくと、ついぽろっと喋っちゃうかもだよ」

こいつに俺を藤井とする根拠を喋られると、面倒なことになりかねない。

公爵は俺が反発しないように、あまり干渉してこない。しかし悪魔討伐で名を売ってしまったから、王女がその言葉を信じて手を出してくるかもしれないからな。俺は今の生活が気に入っている。それを台無しにされるのは困る。

日本にいた頃の彼は、俺のことに不干渉だった。元々ほとんど話したこともなければ、俺が他のクラスメイトに無視されていても関係なく必要なら喋った。その程度の関係だ。

俺に危害を加えていた奴らに助けてほしいと言われても断るけど、友達未満知り合い程度の彼に悪感情はないから頼まれるとそこまで嫌だとは思わない。

こいつはある意味有能だから、連れていくのは構わない。連れていって俺の欲しいアイテムを作らせよう。せっかく連れていくんだから馬車馬のように働いてもらう。それくらいのリターンを要求しても悪くないだろ。

その程度の関係なのだから。

「魔法契約書で契約してもらうぞ」

「いいよ。藤井君、じゃなかったトーイ君のことは喋らない。そう契約するよ」

「すぐには無理だから、公爵に話を通す。しばらく待ってくれ」

「うん。少しくらいなら待ってるから。あ、そうだ。どうせ僕の名前なんか憶えてないんでしょ？僕は藤原大和。ヤマトって呼んでね。嫡流じゃないけど、藤原氏の子孫だよ。同じだね、トーイ君」

藤井家は藤原氏の傍流の傍流だ。元を辿れば同じ血が流れていると思うが、かなり遠い親戚だな。それこそ他人と思っていた人のほうが近い親戚かもしれない。

お互いに利用し合うことに合意し、握手を交わしたところで外が騒がしくなった。どうしたのかと思っていたら、ノック音がしたから入室を許可した。

「ご面会を求める方がお越しです」

アンネリーセの言葉に首を傾げる。この城に知り合いはいない。もちろんトーイとしてだ。

ヤマトを見るが、首を振る。

「分かった。お通ししろ」

「僕は失礼するね」

ヤマトが立ち上がると同時に、客が入ってきた。

「あら……」

ヤマトが呟いた。

現れたのはヤマトと同じクラスメイト。よく知っている人だった。

——厳島さやか。

学校で俺のことを唯一心配してくれた女生徒だ。

厳島さんは俺を庇う言動が多かった。酷いことを言う奴に抗議していた。その厳島さんが俺になんの用だ？

「え？」

厳島さんは部屋に入ってくるなり泣き出してしまった。

どういうことだ？　なぜ泣く？　俺は何もしてないぞ？

ヤマト、お前か!?　と彼を見たが、ヤマトも狼狽えている。お互いに首を振って心当たりがないと意思表示。

泣き崩れてしまった厳島さんを、アンネリーセが肩を抱いて慰める。アンネリーセも戸惑い、困惑する。

「と、とにかく座ってもらって」

アンネリーセに頼んで厳島さんをソファーに座らせてもらう。

落ちつくまで待つしかない。

「ごめんなさい。私、嬉しくてつい……」

「嬉しいというのは？」

アンネリーセに頼んで、いてもらった。俺に女の子の気持ちは分からない。どう扱っていいのか、右往左往だ。

「私、藤井君が生きていてくれて、本当に嬉しかったの」

またた……。なんで俺だとバレた？

ヤマトを見たら、ちぎれそうなくらい首を振っている。俺と取引するんだから、わざわざ厳島さんに俺のことを洩らすとも思えない。じゃあ、なぜ？

「フジイ君とはどういうことですか？　先ほどもそちらの方がトーイ様をフジイと呼ばれましたが？」

アンネリーセが真っすぐ俺を見てくる。これは隠すことはできないな。いつかは話そうと思っていたが、このタイミングになるとは思ってもいなかった。

その前に厳島さんだ。なんで俺のことが分かったのか？　ヤマトのように名前や紋章からの連想か？

「立ち姿や歩き方ですぐに藤井君だって分かったの。最初は容姿が違っていたから凄く不安だったけど、赤葉君たちを見る目を見て、確信したの」

俺って、そんなに特徴的な立ち姿や歩き方なのか？　背丈は縮んだし、体形も変わった。それなのに、見分けがついたということか……。

まあ赤葉たちを生ごみ以下のウ●コ以下だと思っているから、あいつらを見る目が特徴的なのは理解できるけど。

「本当に生きていてよかった。もう二度と会えないなんて思いたくなかったから……」

「心配かけたようだな。すまない」

「いいの。生きてさえいてくれたら」

友達にこう言ってもらえるのはとても嬉しい。彼女はいつも俺を気にかけてくれたから、クラスメイトの中では唯一守ってあげたいと思う人だ。

「僕はトーイ君のところで生活するつもりだけど、厳島さんもトーイ君のところに行けばいいんじゃないかな。これからずっと一緒にいられるよ」

ヤマトめ、勝手なことを……。

「え……いいの？」

上目遣いで見られたら、嫌とは言えない。もちろん言うつもりはないけど。

「一人も二人も一緒だ。厳島さんがそれでいいなら、構わないよ」

「うん。一緒に連れていってください」

問題は国だな。この二人を俺が引き取る理由をどうするか。ただ引き取りたいと言ったところで、一笑に付されるだけだ。

国の勇者に対するスタンスがよく分からない。ダンジョンのモンスターを狩ればいいんだったら、生産職の二人はそこまで重要ではない。だけど半強制的に拉致した以上は、戦闘系でも生産系でもしっかり面倒を見ようとしているように見える。

二人のことは公爵に相談するしかないか。俺ではどのようにすればいいか分からないが、公爵ならなんとかしてくれるだろ。

首斬りネスト事件を解決もしてあげたし、城での謀反と悪魔退治もしてあげたから少しくらい無理を言っても罰(ばち)は当たらないだろう。

さて、アンネリーセにどうやって話そうか。こういう時は正直に言うのが吉だろうな。

四章　グリッツソムの罪過

目の前では公爵が頭を抱えている。頭痛持ちなの？　体は大事にしなきゃダメだよ。

「誰のせいだと思っているんだ……」

あ、はい。俺のせいですね。すみません。

「話の趣旨は理解した。召喚された者がフットシックル男爵に保護を求めてきたのだな」

公爵は目頭を揉みほぐしながら確認してくる。疲れているんだね。

「ええ、国は大変よくしてくださっているようでそれには不満はないようですが、どうしても無理やり召喚されたことが心に引っかかっているようです」

物は言いようだね。言ったもん勝ちなわけよ。何せ、国は実際に召喚という拉致をしているわけだから。

召喚を拒否できるなんて俺たちは知らなかったわけだし、国も知らないと思われる。王女様が申しわけなさそうな表情をしてたから。

「その二人の心情は分からないではない……。王女殿下と調整してみよう」

「ありがとうございます」

持っててよかった、権力者とのコネ。叙爵されてなかったら、こういったコネを使えないもんね。

持っているコネは最大限活用すべし！

ヤマトのことはどうでもいいが、厳島さんのことは少し考えるべきだった。あそこまで俺が生きていたことを喜んでくれた彼女には、心から感謝をしたい。

落ちついたところで、アンネリーセたちにも俺の正体について語った。

「ご主人様が勇者様たちと同じ異世界人……」

ご主人様じゃなくて、トーイね。衝撃的な話を聞いた後だからいいけどさ。

「ご当主様の異常さは理解しておりましたが、まさか異世界の勇者であったか……」

「勇者じゃないからな」

ジョブ・転生勇者を持っているけど、絶対に勇者じゃない。そもそも俺は勇者になることを断ったんだ。それなのにジョブがあるなんて地雷以外のなにものでもない。こっそり育てはするけど、絶対に公衆の前では出さない。

「言うまでもないが、俺が転生者だというのは口外しないように。絶対の秘密だ」

皆が頷き、ガンダルバンが「そんなこと言えませんよ……」と首を振った。

なんだかガンダルバンが急に老けたように見えるのは、気のせいだろう。うん、気のせいだ。

皆が退室してアンネリーセと二人だけになる。

「黙っていてごめんな」

「とても言えるようなことではないのです。当然のことだと思いますので、謝らないでください」

アンネリーセの肩を抱き寄せる。彼女は俺の肩に頭を預けた。

受け入れてくれてありがとう。

公爵から連絡がくるまで時間があるようなので、ダンジョンに入ることにした。

王都のダンジョンももう何度目か。

「キサマ!?」

いつかのアンネリーセにフラれた奴だ。

「これはグリッググリさんでしたか」

「グリッソムだ！」

知ってるよ、わざとだから。

グリッソムは五人のパーティーメンバーとダンジョンから出てきたところらしい。かなり臭い。

「ふん。雑魚が何人集まっても雑魚でしかないのだ。せいぜい死なないように気をつけることだな！」

アンネリーセにフラれたグリッソムは、かなりムカつく奴だ。元々良い印象はないが、最悪だな。

さて、今日はしっかりとグリッソムを詳細鑑定しておこう。

「………」

こいつ、ぶっ殺す！

「っ!?　ひぃぃぃっ」

「ご、ご当主様!?」

ガシッと両脇から腕を回され掴(つか)まれた。羽交い締めだ。

「落ちついてください。ご当主様」

「ガンダルバン……こいつだけは」

「あの者の言葉遣いは男爵たるご当主様に対して失礼極まりないものではありますが、この者を斬り捨ててはご当主様の名に傷がつきます」

そうじゃないんだ、そうじゃ……。こいつはアンネリーセを……。

「お前もご当主様を怒らせるな。死にたくはないであろう。さっさと立ち去れ！」

「ひっ、ひぃぃぃ」

俺の殺気を受けて腰を抜かしていたグリッソムが、床を這いずって離れていく。

「放せ、ガンダルバン」

「いけません」

「「「ご当主様、落ちついてください！」」」

皆が俺を囲み、止める。

「トーイ様。落ちついてください」

「俺は……落ちついているよ、アンネリーセ」

そう、俺は落ちついている。その上で、あいつを殺すと決意した。

「いったいどうしたのですか？」

「あいつは……いや、なんでもない」

ここで話すことではないと判断した。

「ガンダルバン。俺は落ちついている。放してくれ」

「本当に大丈夫でしょうか？」

「大丈夫だ」

ガンダルバンが腕の力を抜き、放した。

周囲の探索者の目があるから、場所を移すことにした。

「あの程度のことで、いったいどうしたのですか？　いつものご当主様であれば、飄々と躱されるものを……」

近くのレストランの個室を借り、ハーブティーを飲んで心を平静に保とうとする俺に、ガンダルバンがため息交じりに問いただしてくる。

あのグリッソムがアンネリーセにフラれたというのは、前述通りだ。それは間違いない。だが、その後にあいつはやってはいけないことをした。アンネリーセが自分のものにならないと判断したあいつは、どさくさに紛れてアンネリーセを呪ったのだ。

アンネリーセが老婆の姿になった呪いはダンジョンの罠ではなく、グリッソムの呪いだったんだ。

それだけじゃない。呪いを受けたアンネリーセはなんとか解呪しようと研究していたが、その工房をあいつが爆破したのだ。それによってアンネリーセは事故を起こしたとして奴隷に落とされた。

あいつは決して許さない。絶対に地獄に落とす。


以前、アンネリーセを詳細鑑定で見た時、「ダンジョン内で呪いにかかった」と「工房が爆発した」ということしか分からなかった。

おそらくだがアンネリーセが認識してないことは、詳細鑑定に表れないのだろう。だからダンジヨン内で呪われたということと、工房が爆発したことしか書かれてなかったのだ。

「あのグリッソムは伯爵家の者だったな？」

「はい。エルバシル伯爵家の四男だと聞いています」

「そのエルバシル伯爵の屋敷に住んでいるのか？」

「別宅を与えられて、そこで暮らしているはずです」

アンネリーセにグリッソムのことを聞き、今日の探索は中止すると皆に伝えた。

「中止は構いませんが……あのグリッソムという男を殺しに行くのだけは止(や)めてください」

「大丈夫だ、ガンダルバン。あいつは地獄に落とすが、俺が殺すことはしない」

「……そこまで怒る理由を教えていただいてもよろしいですか？」

「いずれ話す。今は聞かないでくれ」

ハーブティーを飲み干して、皆には屋敷に戻ってもらった。


俺は一人でグリッソムが住むという屋敷に向かった。王都の貴族街から少し離れた場所にあるが、かなり大きな屋敷だ。ケルニッフィの俺の屋敷より大きいと思われる。

グリッソムのジョブは弱体呪術士。レベルは三二。そこそこ高レベルになる。

パーティーメンバーもレベル三〇くらいだったから、六階層なら安定して狩れるだろう。

七階層では苦戦するかもしれないが、少し背伸びすれば届くところだ。つまりかなり儲(もう)けているだろうから、これだけの屋敷を維持できる財力があると考えていいだろう。

物陰に入ってメインジョブを暗殺者に変更し、スキル・隠密を発動させる。

屋敷の周囲をぐるりと回って立地を確認。周囲にも屋敷が建っているが、その中でも一番大きい。あいつにはもったいない屋敷だ。

スキル・壁抜けで塀をすり抜け、庭へ入る。手入れがあまり行き届いていない庭で、草が生え放題になっている。モンダルクが見たら天をあおぐくらい酷い有様だ。こういうところに、所有者の人間性が出るのかもしれない。

母屋の壁もすり抜けて中に入る。これだけ大きな屋敷なのに、あまり人の気配はない。とはいえ、まったくないわけではない。

部屋を一つ一つ確認しながら進むと、リビングらしきところでグリッソムが宴会をしていた。グリッソム以外にはパーティーメンバーの五人と、奴隷が六人いた。

胸糞が悪くなる光景だ。

グリッソムは男三人、女三人の六人パーティーだが、それぞれに性奴隷がついている。

奴隷たちの姿は酷いもので、男女問わず素っ裸。性的行為を強制しているように見受けられ、詳細鑑定でもそう出ている。

六人の奴隷は皆任意奴隷。性行為は了承してないが、屋敷に閉じ込められて無理やり相手をさせられている。グリッソムだけでなく、他のパーティーメンバーもクズ揃いだ。怒りがこみ上げてくる。こいつらには地獄を見てもらう。そのためのネタを探すために屋敷内を捜索する。あんな光景を見たから気分が悪い。最悪だ。

王都の公爵屋敷の別棟の一室で、俺はアンネリーセに膝枕をしてもらっている。心を落ちつかせるためだ。アンネリーセは何も言わずに、俺に膝を貸してくれる。こういう心遣いがありがたい。

なんで呪いを受けたかアンネリーセは知りたいかな？　ダンジョンの呪いだと思っているほうが、彼女にとって幸せなのかも。誰かに恨みを持ちながら暮らすのは、心が疲弊していくものだから。

それでも俺は彼女に問わなければいけない。呪いを受けた理由を知りたいかと。

「アンネリーセ」

「はい」

双丘の向こうにあるエメラルド色の瞳が俺を見つめる。どんなアングルから見てもアンネリーセの顔は芸術的な美しさを持っている。

「君は呪いを受けた理由を知りたいかい？」

アンネリーセは少し不思議そうな表情をして「いいえ」と答えた。

「呪いを受けていなければ、トーイ様に出会えなかったはずです。ですから、そんなことはいいのです」

「そう……か」

老衰でいつ死ぬか分からないその恐怖に怯(おび)えて過ごしたはずなのに、彼女は前を向いて生きている。そういった過去を乗り越えたアンネリーセだからこそ強いのだろう。

だったら何も言わないでおこう。その代わりに俺がアンネリーセの無念を晴らしてやる。必ずだ。

公爵から呼び出された。

「例の件は、受け入れられた」

ヤマトと厳島さんのことで、王女からＯＫが出たようだ。

「そうですか」

「ただし条件がある」

条件？

「王都ダンジョンの十階層のモンスターを千体以上狩ってほしい」

「モンスターを間引くということですか」

「そうだ」

召喚した勇者の代わりに俺にやらせようというのか。まあいい。レベル上げはやっていくつもりだったから、ダンジョンの深い階層に入るのは望むところだ。

「しばらくかかりますよ」

時間をかけるつもりはないが、まだ七階層を踏破しただけの俺たちだからな。

「理解している。が、十年も二十年もかけてもらってはな」

「そんなに時間をかけるつもりはないですよ」

「それならいい」

公爵からしたら、召喚された二人を領地に住まわせることになる。それは面倒を抱えることになるはずだ。それについて何も言わないのは、今までの借りを返しているつもりなのかな。

「公爵様はエルバシル伯爵をご存じですか？」

せっかくなので、話を変えてみた。あのグリッソムの実家の話だ。

「エルバシル伯爵なら知っている。門閥貴族だ」

前の世界での意味は知らないが、この世界の門閥貴族は王家に仕える領地を持たない貴族のことらしい。ザイゲンなども領地を持たない貴族だけど、公爵家に仕えている。そういった貴族は門閥貴族とは言わないらしい。王家に仕えている貴族だけを、門閥貴族と言うらしい。

「単刀直入にお聞きしますが、どういった人物でしょうか？」

「何かあったのか？」

公爵が訝しげに俺を見てくる。

「その息子とちょっと」

「……エルバシル伯爵は財務族だ。財務省のナンバースリーと思えばいい。人となりは……俗物だな」

厳しい顔をして、吐き捨てた。その表情からかなり嫌っているのが見て取れる。

「彼奴を潰す証拠があるなら出せ。すぐにでも潰してやる」

「持ってません」

「なら手に入れろ」

「無茶言わないでください」

手に入れるけどさ。

「まあいい。期待して待つとしよう」

「そこは期待しないで待つところでは？」

ザイゲンまで頷いているよ。相当嫌われているようだな、そのエルバシル伯爵は。

グリッソムには殺人や強姦など、多くの犯罪歴がある。罪によってはレコードカードに記録されないものもあるが、最近の殺人や強姦はばっちりと記録される。レコードカードを確認されたら終わるが、父親が有力者だから役人もおいそれとは手が出せないだろう。

だが、あいつはそれを回避する術を持っていた……。あいつは過去にレコードカードの犯罪歴を消した形跡がある。そんなことができるとは思っていなかったが、謎の人物によってそれを行っている。

グリッソム自身もその正体を知らない謎の人物。その人物はかなり慎重らしく、身元が分かるような手掛かりは残していない。

グリッソムの屋敷には複数の違法奴隷が軟禁されている。これだけでも摘発の対象になるが、それだけでは弱い。父親の伯爵に握り潰されかねない。

もっと強力な証拠が欲しいが、それが見つからない。奴隷以外に何も違法性を示すものは見つからなかった。

頭がいいわけではないはずだ。頭がよければ、違法奴隷を屋敷に置くわけがない。ただ単に証拠が残らなかったのだろう。

たとえばダンジョン内で人を殺せば、死体は残らない。ボス部屋では遺体だけが消えて装備は残るらしいが、ボス部屋以外だと装備などもダンジョンに吸収されてしまう。目撃者がいなかったら、完全犯罪ができる。

「だったらアプローチを変えるしかないな」

公爵に城や宮殿に自由に立ち入る許可を取ってもらった。幸いにも厳島さんとヤマトの件があったし、赤葉たちに迷惑をかけられたこともあったから国は俺に配慮したようですぐに許可が下りた。

「二人に協力してもらいたいんだ」

「面白そうだね！　僕はいいよ」

ヤマトは即答で了承した。

「そんなに酷いことをした人を懲らしめるためなら協力するわ」

厳島さんも協力を約束してくれた。

俺がエルバシル伯爵を探っている間、二人と会っていることにしてもらった。アリバイ工作だ。

「しかしこの世界にもクズがいるんだね。僕も気をつけないと」

ヤマトが首を振った。

「人の欲には際限がないというから……」

「欲を理性で抑え込むのが人間だよ、厳島さん」

「うん。そうだね」

悲しそうに目を伏せる厳島さんは、本当に心が優しいな。

王城には、城と言われる場所と、宮殿と言われる場所がある。

宮殿（王族は後宮と言っているらしい）は王族が住む場所で、城は行政や軍事の場所と考えればいい。

財務省のナンバースリーであるエルバシル伯爵の職場は、城のほうにある。

俺はメインジョブを暗殺者にし、城内に潜入した。

誰が誰だかさっぱり分からないから、人を見つけたそばから詳細鑑定を行う。

それで分かったことは、門閥貴族というのはクズが多いということだ。贈収賄や横領などは当たり前。五分の一は何かしらの罪を犯している。ジョブが盗賊の人も結構多い。

「五人に一人が罪人だなんて、これでよくも国が成り立つものだな」

この数が多いのか少ないのかは俺には分からないが、地球でも国会議員がお金絡みのことでよく報道されていたっけ。

地球でもこっちでも、目に見える犯罪はほんの一握り。そういうことだと思う。

しかし貴族はレコードカードを確認されないのだろうか？　国はそういうことを行うべきだと思うんだが、なぜしないのか？

幸いと言うべきか、役人（貴族ではない人）のほうはまだマシだった。クズがまったくいなかったわけではないが、かなり少ない。

あまりにも酷い人の名前はメモしておくとして、今はエルバシル伯爵だ。

城の奥、ひっきりなしに人が出入りする場所が、財務省の入っているエリアのようだ。

役所みたいな感じの場所だなと思ったが、考えたらここは役所だった。犯罪者が多くて、役所に思えなかったよ。

貴族ではない役人たちが忙しく書類の処理を行っている。

書類の束を持った役人が奥へと向かう。俺もそれについていき、個室に入る。

上司に書類を渡すと、役人は戻っていった。この上司はエルバシル伯爵ではないが、犯罪歴がある。ただし軽微な犯罪ばかりで、小者だ。

他の個室を見て回る。個室の数が多すぎる。もっと少なくしてほしい。

次第に部屋が広くなり、調度品も豪華になっていく。そろそろ当たりを引いてもいいんだが……。

「例の件はどうなっているのか？」

「ナルディア川の河川工事の予算の四割を抜いております。問題ありません」

「よろしい」

エルバシル伯爵ではないが、財務大臣だった。

財務大臣が横領を指示しているようでは、財務省の自浄作用は期待できないだろう。しかし四割か。横領額として多いのか少ないのか……。

その部下は小者だが、財務省ではそれなりのポストに就いている。財務大臣の腰巾着といったところか。

部下が下がって、財務大臣が一人になった。

書類を投げ出してワインのボトルとグラスを取り出した。職務中に酒とはいいご身分だ。

ワインをなみなみと注いだグラスを一気に呷る。この人、アルコール依存症の一歩手前の予備群だ。

まだ仕事に大きな支障は出てないみたいだけど、そのうちやらかすんじゃないかな。

その財務大臣が引き出しから書類を取り出して、数秒目を通した。そして握り潰した。何が書いてあったんだ？

「ガルドランドにも困ったものだ。錬金術師とアイテム生産師をあのフットシックルへ預けるだと？　バカなことを」

俺のことかよ。ちなみにガルドランドというのは、公爵のことだ。

「ガルドランドは、あの者たちが作ったアイテムを販売して私が儲けるのが面白くないのだ」

いやいや違うって。てか、あんたそんなこともしているのか。意地汚いな。

「あの愚か者の勇者たちはしばらく使い物にならぬし、多額の費用を使った甲斐がない奴らだ」

金のことばかりだな。


財務大臣の部屋を出て、今度こそエルバシル伯爵の部屋に入った。大臣室とそこまで変わらない大きさの部屋だ。エルバシル伯爵は神経質そうな初老の男性で、書類に向かってブツブツ独り言を言っている危ない人だった。

見た目はデキそうだけど、詳細鑑定の結果は無能だった。仕事は全て部下任せで、家柄だけで今の職に就いている典型的な凡人だ。

いくら家柄がいいとはいえ、仕事しない人を大臣補佐官にしていいのだろうか？

「王女様も苦労が絶えなそうだな」

大臣補佐官は文字通り大臣を補佐する役職で、定員は三人。エルバシル伯爵は三人の筆頭格らしい。大臣がトップで次に副大臣がいて、大臣補佐官の三人がその次に偉いらしい。それで財務省のナンバースリーという位置づけになるわけだ。

さて、このエルバシル伯爵もそれなりに罪を犯している。

密貿易、違法奴隷売買、殺人、強姦、恐喝などなど。あのグリッソムの父親だけあってとてもクズだ。この感じでは、グリッソム以外の息子もクズの可能性が高そうだ。

エルバシル伯爵に気づかれない程度に室内を物色したが、特にめぼしい証拠はなかった。

エルバシル伯爵家そのものを潰すような証拠が欲しいところだ。

密貿易や人身売買は証拠があると思うんだが……。さすがに職場にそんな証拠は持ってきてないか。今度屋敷のほうを捜索しよう。


財務省の資料室に入って色々見て回る。財政はかなり悪い。貴族や役人が横領しまくっていれば、財政が悪くなるのも仕方がないだろう。

財務大臣が四割も抜いて、他の人も抜くんでしょ？　それで健全な財政だったら、凄いと思うよ。

帳簿などを見ていたら、人が資料室に入ってきた。三人だ。

「なあ、あの噂を聞いたか？」

「ああ、聞いた、聞いた。エルバシル大臣補佐官とルディル大臣補佐官が殴り合いの喧嘩だってな」

「実際には殴り合いになりそうなほど、酷い罵り合いをしたらしいぞ」

「ルディル大臣補佐官は真面目だからな。無能だけならともかく、かなりの金額を横領しているエルバシル大臣補佐官のことがかなり嫌いなんだと思うぞ」

どうやらエルバシル伯爵の政敵っぽい人と喧嘩したらしい。貴族って陰で何をしているか分からないけど、表立って喧嘩なんかしないと思っていたよ。

しかし下っ端っぽい役人にまで横領のことがバレているのに、よく今の立場に居座っていられるな。

詳細鑑定ではエルバシル伯爵は、財務大臣と姻戚関係にあって強く結びついている。そのコネで今の地位にまで上ってきたそうだ。

コネってのは職場に入る時だけ使うものだ。その後もコネで昇進したら皆が不幸になる。

「俺としては今の大臣でいいんだけどなぁ」

「あの人は自分の懐に金さえ入れれば、俺たちが何をしていても気にしないからな」

「でもさ、ここ最近は特に酷くなったよな。陛下の病気をいいことに、やりたい放題だぞ。これじゃあ、国の先行きが不安になってしまうよ」

「「たしかに」」

国王が病なのは聞いている。実際にどんな病かは知らないけど、国王が病気で政務を行えないのをいいことに好き勝手やっているわけか。あの王女様はたしか十六歳だったか。俺よりも年下なのに国を背負ってがんばっているんだろうけど、力不足は否めないようだ。

しかし日本ならまだ子供と言える年齢の王女ががんばっているのに、この国の大人たちは何をしているのか。国を食い物にするよりも、王女を盛り立てていくべきじゃないのか。俺、こういう大人たちは嫌いだ。

王女によい感情はないが、それ以上に大人たちが嫌いだ。嫌いな大人たちを懲らしめてやりたい。

エルバシル伯爵と財務大臣、その他派手に汚職をしている人などの調査をしていると、バッカスが帰ってきた。俺の剣を引っ提げて。

「これがゴルモディアを鍛えた剣だ！」

「おおお！」

「銘は黒斬！　よく斬れるぞ！　ガハハハ！」

「黒斬……」

凄そうな銘だ。

・黒斬：物理攻撃力＋一三〇　腕力＋二〇　俊敏＋一〇　斬撃強化（高）　刺突強化（高）　不壊

「……いい剣だ」

幅広で百三十センチくらいの長さがあり、漆黒というのか真っ黒な剣身もいい。俺の趣味にピッタリだ。

「短時間でよく造ったな」

「ガハハハ！　ワシが本気になればこんなものよ！」

「往復するだけでも時間かかるのに、よく造れたな」

「片道二日だ。あとは寝ずに鍛え続けたわ」

「おいおい、大丈夫なのか？」

「その程度のことでは、ワシは堪えんわ。ガハハハ！」

珍しい金属の鍛冶のことになると、やる気が違うというか、職人バカというか。でも、この剣の出来には満足だ。本当に感謝しているよ。

すぐにダンジョンに入りたかったが、国王に謁見して新年の挨拶をする日になった。今国王は療養中だから、摂政の王女が代理だ。

てか、王女にはすでに会ってるから、もういいじゃんねぇ。

「これはこれ、あれはあれだ」

ザイゲンにため息交じりに言われてしまった。俺の心を読むの止めてくれないかな。

謁見は前回と同じ場所で行われたけど、貴族が少ない。

悪魔討伐の褒美を与えるイベントだった前回は、盛大に行ったようだ。バカたちに台無しにされたけどね。

「去年は悪魔が現れたこともあり、ガルドランド公爵領は大変だったでしょう」

「破壊されたのは城下の家屋だけでなく、某の城も大きな被害を受けました。よって城を新しく築こうと思っております」

「王家としても築城の援助をいたしましょう」

財政は赤字なのに、公爵を援助できるの？　現実が分かってないのかな。それとも他に何か考えがあるのか？　まあいいや、この国が財政赤字で破綻しても俺には関係ない。

住む国は、この国じゃなければいけないということはないから、あれだったら他国に行けばいい。

公爵から俸給をもらっているのに無責任と思われるかもしれないが、そもそも俺が頼んで貴族にしてもらったわけでも、俸給をもらっているわけでもない。返せと言われれば、すぐにでも返すよ。

「ありがとう存じまする」

基本は王女と公爵が話をして終わり。なのに王女がチラチラ俺を見る。嫌な予感がする。

「フットシックル男爵にも迷惑をかけましたね」

赤葉たちのことだろう。あの後、あいつらは奴隷に落とされた。俺に二億五〇〇〇万グリル（一人当たり）を支払うことができなかったからだ。そういったことを考えず、魔法契約書にサインしたあいつらの迂闊（うかつ）さが際立って目立ったことだろう。

俺は奴隷という言葉が好きではないが、あいつらの場合は自業自得だ。欲深いと、あのように痛い目を見ると、少しは理解したら今後の人生の糧になるだろう。

まあ、真面目に働け（ダンジョン探索すれ）ば、勇者なんだからすぐに返済できる金額だ。

あいつらは騎士団長の管理下に置かれて、訓練からやり直しているそうだ。生意気なことを言うと、騎士たちにぶっ飛ばされるらしい。あいつらにはそれくらいで丁度いい。

「いえ、大したことはしてませんので」

溜（た）まりに溜まった恨みも少し晴らせたしね。それに決闘をした迷惑料として合計で七億五〇〇〇万グリルもらったし。全部もらえるとは思っていなかったから、驚きだったよ。中抜きされていたら、そいつを破滅に追い込んでやったのにな。

「できれば王家の直臣としたいところですが、公爵が怖い顔をしてますから止めておきます」

それがいいですね。俺も断りますから。

勇者召喚は王女がしたけど、それを強く推し進めたのは国王と財務大臣だったそうだ。どちらかというと、王女は召喚には反対だったらしい。

色々調べていたからそういう記録も読んだ。もちろん、詳細鑑定さんからの情報もあった。

俺はそれを見て、ちょっと王女を見直した。悪いのは国王と財務大臣だ。

特にあの財務大臣は召喚にかかる費用を抜いていた。裏帳簿のありかは突き止めた。もちろんエルバシル伯爵も抜いていた。

エルバシル伯爵のことは、かなり調べが進んだ。失脚させるだけの証拠のありかは突き止めた。だけどバカ息子のグリッソムの犯罪の証拠が集まらない。あいつバカそうなのに、凄く真面目に証拠隠滅をしているんだ。いや、そういうのを真面目とは言わないか。

父親の伯爵を失脚させれば、芋づる式にあいつも取り調べられるかもだけど、そんなことに期待していてはいけない。

違法奴隷を軟禁していることから、その点を突けばなんとかなるかも。

でもさ、あの奴隷たちは、グリッソムのパーティーメンバーの奴隷なんだよね。だから責任はパーティーメンバーにある。つまりグリッソムは何も知らなかったと言い逃れができるんだよ。なかなか強（したた）かな奴だよ、グリッソム。

なんとかグリッソムの犯罪の証拠を手に入れたいが……今のところは目途が立っていない。

あと、あいつのレコードカードの犯罪歴が消されたことについても調べている。

いったい誰が、そんなことをできるのか。考えても分からないから、調べを進めている。

グリッソムから得られる情報では、裏ギルドという言葉に行き当たる。グリッソムは父親の伯爵経由で裏ギルドとも関わり合いがある。

その伯爵も裏ギルドとの繋がりがあるのは分かるのだけど、どんなジョブの誰がレコードカードの犯罪歴を消しているのかは、分からない。もどかしい。


つつがなく謁見は終わり、公爵は二日後に王都を発つ。

俺はダンジョンの十階層でモンスターを狩る必要があるから、引き続き公爵の別棟に逗留させてもらう。同時にヤマトと巌島さんが公爵の別棟（俺の宿舎）に移ってきた。二人は俺の下で今まで通りアイテムを作ることになっている。

作ったアイテムの一部を上納すべしくらいの条件を出されるものと思っていたけど、公爵はそんなことは言わなかった。借りができてしまって、ちょっと怖い。


俺たちの宿舎は公爵の屋敷なので警備は厳重。俺たちがダンジョンに入っている間の二人の安全は確保できるだろう。

そんな時だ、ガンダルバンが二人の探索者を連れてきた。

「王都の探索者ギルドで、よい人材を見つけてきました」

彼らはケルニッフィから王都に移籍した探索者で、ガンダルバンとも顔見知りらしい。

「五人パーティーで活動していましたが、二人が怪我で引退してしまい、これからのことを考えていたそうです」

「ん、二人が引退だと、あと一人はどうした？」

「一人は別のパーティーに入りました」

その別のパーティーも一人が怪我で引退したそうで、空きが一枠あったそうだ。そこで同じような境遇の彼らと合流できないかと話し合ったそうだが、向こうは五人、こっちは三人、合流すると八人になって人数が多くなってしまう。人数が多いと取り分が少なくなるから、話し合いは平行線を辿った。

何度か話し合いをして、彼らの仲間だった一人が向こうに合流することになった。要はこの二人が身を引いた形だな。二人は新人と新しくパーティーを組んで探索者を続けようとしていたんだが、そこでガンダルバンと再会して話を聞いたガンダルバンが勧誘したということらしい。

二人はデコボココンビという感じだ。一人は俺よりも背が低く、もう一人はガンダルバンよりも背が高い。

「この二人は姉妹なのです」

「はい？　姉妹……本当に？」

「ええ。二人とも自己紹介をするんだ」

小さいほうが一歩前に出た。百四十センチくらいか。

「私は姉のコロンです」

彼女の容姿はどう見ても中学生で、とても姉とは思えなかった。

「私たちは父は同じですが、母が違うのです」

異母姉妹か。

「私の母はリトラナーなので、私はリトラナーの特徴を受け継いで幼い容姿なのです」

まずリトラナーという種族を知らない。ガンダルバンが説明してくれるが、小人族に属する種族では比較的大きいらしい。

今度は大きいほうが前に出た。ガンダルバンより頭一つ分大きく二百三十センチくらいありそうだ。

「妹のカロンです。母はハーフダルゴです」

ガンダルバン、説明プリーズ！

ハーフダルゴは巨人族に属する種族で、比較的小さいらしい。

「ガンダルバンの推薦だから雇うことにするが、秘密保持契約はしてもらうからな」

「「ありがとうございます！」」

「雇用条件はガンダルバンから聞いてくれ。それでよければ、契約だ」

兵士が少ないと思っていたから補充はありがたい。それに性格も悪くなさそうだ。

公爵たちがケルニッフィに帰る日がやってきた。

俺たちは王女との約束があるから王都に残るが、そのまま公爵の屋敷の別棟を使わせてもらうことになっている。

「あまり派手なことはしてくれるなよ」

「俺は慎ましい生活をしてますよ」

「……………」

公爵がなんともいえない微妙な表情をした。俺、何も悪いことしてないからね、本当に。

「フットシックル男爵は自分のことを理解してないようだ。とにかく、王家にこれ以上目をつけられないようにな」

「俺がトラブルメーカーのような言い方はよしてくださいよ、ザイゲン殿」

俺をなんだと思っているのか。

「おい、トーイ。いつでも飲みに来い！　大歓迎してやるぞ！　ガハハハ！」

バッカスのおかげで俺のジョブ・酒豪のレベルは二〇まで上がった。

それでもバッカスの飲み方には追いつけない。こんな蟒蛇と一緒に飲みたくないわ。

公爵一行を見送り、公爵邸を見渡すと屋敷を管理する使用人と警備の騎士と兵士はいるものの、今までよりもかなり広く感じられる。

「俺たちも行くか」

「はっ」

グリッソムを破滅に追いやるための証拠が見つからない。根を詰めるのもよくないと思い、久しぶりにダンジョンに入ることにした。それに黒斬と魔剣サルマンも使ってみたい。

「ヤマト。厳島さんに変なことするなよ」

「しないから安心して」

「厳島さんもヤマトに変なことされたらすぐに言ってね。闇に葬ってやるから」

「うん。その時はお願いするね」

「ちょっと僕の扱いが酷くない!?」

ヤマトがギャーギャーうるさいけど、無視だ無視。

俺たちはダンジョンの入り口、パルテノン神殿のような建物に入った。今回は八階層の探索だ。王女との約束は十階層のモンスターを千体倒すことだから、さっさと済ませて自由の身になりたいのだ。

さっそくダンジョンムーヴで八階層に移動。さて、どんなモンスターが出てくるのか。

「コロンとカロンは一発だけ攻撃を入れたら無理をせずにな」

ダンジョンムーヴに驚いている二人に声をかける。魔法契約で漏洩はできないから安心だ。

姉のコロンは小さな体に似合った短剣を二本持って戦う、二刀流の短剣バージョンだ。

ステータスは器用と俊敏が高い。言い換えると命中と回避が高いということだ。

体が小さいから村人の時から短剣を使っていたそうだ。さらに元々器用だったことから短剣を二本使っていたら、双短剣士に転職できるようになったらしい。

「は、はい」

妹のカロンは腕力と体力が高いゴリゴリの前衛タイプ。ガンダルバン並みの重装備で巨大な斧を使う。自分の背丈ほどの長さと、大きな刃がついた戦斧だ。

背が高く骨格もしっかりしていて、腕も長いから戦斧のリーチはかなり長い。

ジョブは重戦士で、このジョブは両手武器なら戦斧でも両手剣でも戦槌でも何でも扱える。

「分かりました！」

一発でも攻撃が当たれば、ダメージがなくても経験値はもらえる。

コロンはレベル一三、カロンがレベル一二だから、攻撃を受けると一発であの世逝きということになりかねない。特に軽装のコロンはヤバい。だから無理せずにレベルを上げさせる。


八階層の様相は七階層までと違って、洞窟内の熱帯雨林ではなかった。洞窟は変わらないが、森はなくなり広くて無骨な空間に大小の岩があり死角を作っている。しかも川まで流れているが、その流れはかなり速く激流だ。


バースの道案内で進んでいると、気配を感じた。

「もうすぐ接敵します」

「了解。皆、気を引き締めろよ」

「「はっ！」」

気を引き締め、隊形の確認をして俺たちは前進する。

現れたのは魚の頭に人間の体をした半魚人だ。その手には槍や剣、杖など多種多様な武器がある。体も鎧のような鱗で覆われていて硬そうだ。

「杖を持ったやつは魔法を使ってくるぞ」

半魚人はソルジャー（両手剣）、ランサー（槍）、ナイト（盾・片手剣）、マジシャン（杖）、アーチャー（弓）の五種類がいる。

それらの半魚人が二十体。初見のモンスター戦としては、なかなかハードルが高い。

特にコロンとカロン姉妹を抱えている現状では、ちょっと考えてしまう。

「私たちなら大丈夫です。最悪は引きますので」

「そう威張って引くと言うのもなんだがな」

ガンダルバンが苦笑すると、二人が慌てて頭を下げた。

「二十体なら某が抑えてみせます。やらせてください」

「ガンダルバンがそう言うなら、いいだろう。ソリディアは眷属を多めに召喚してくれるか」

「はい、お任せください」

俺はメインジョブをエンチャンター、サブジョブを転生勇者に変更して皆にエンチャントを行った。

「よし、行け！」

「「応っ！」」

ガンダルバンが巨体を揺らして突撃する。

その後にジョジョク、リン、ロザリナが続き、ソリディアが召喚した四体のレイスがゆらゆらと飛んでいく。

すぱんっすぱんっと、バースの魔毒の弓から矢が射られる。毒が付与された矢は、こういった集団の連携を崩すのに丁度いい。矢が刺さった数体の動きが明らかに悪くなった。

「サンダーレイン！」

アンネリーセの魔法が半魚人を蹂躙する。毒矢を受けていた数体はそれでこと切れた。

半魚人マジシャンが水の槍を放った。ガンダルバンがそれをデスナイトシールドで防ぐ。しっかり見えている。

「セイントアタック」

俺も魔法で援護する。一体を倒した。

「はぁぁっ！」

リンがアクロバティックな動きで宙を舞う。ソルジャーの両手剣を器用に躱して反撃とばかりに槍を突き刺した。

「てやっ！」

リンの槍に刺され、脇ががら空きになったソルジャーの懐にロザリナが潜り込んで拳を五発叩き込んだ。吹き飛んだソルジャーは倒れて動かない。いい連携だ。

「ローズ。頼む」

俺の契約下級茨精霊であるローズを召喚し、ガンダルバンたちに群がる半魚人たちを拘束する。

地面から現れた茨に絡めとられて、半魚人たちの動きが止まった。

後方からマジシャンが魔法を撃ってくる。水系の魔法のみだが、遠距離攻撃は邪魔だ。

「アンネリーセ。あの二体のマジシャンを攻撃できるか」

ガンダルバンたちを挟んで距離があるため、俺の魔法では届きそうにない。

「お任せください」

アンネリーセの魔法なら、攻撃できるようだ。さすがは愛の賢者様だね。

ミスリルの杖を掲げたアンネリーセの魔力が溢れ出す。

「サイクロンカッター」

竜巻が起こり、二体のマジシャンを飲み込む。竜巻に翻弄（ほんろう）されて、体中から血を流し、腕や足が細切れになっていくのは、なかなかスプラッターな光景だ。

だけどそれでマジシャンはいなくなった。あとは接近戦だけ。

「コロン、カロン。いけ」

「「はい！」」

ローズの茨で動きを封じている半魚人なら、二人でもつけ入る隙（すき）はあるだろう。

ガンダルバンたちが残りの半魚人を倒していく一方、コロンとカロンがチクチク攻撃する。

最後はソリディアが召喚したレイスがナイトを倒して終わり。さすがに二十体は多かったが、この八階層ではこういった集団戦がメインになるのかもしれない。

ドロップアイテムはDランク魔石が十八個と半魚人たちが持っていた武器の両手剣が一本、槍が一本だった。

武器は魔剣と魔槍（まそう）で、効果がついていた。これらを使うのはジョジョクとリンだけど、俺がエンチャントした武器をすでに持っている。

また、王女からもらった魔剣と魔槍もある。性能は王女からもらった武器が最も高く、次いで俺のエンチャント武器、そしてドロップアイテムの順だから、ドロップアイテムはギルドで換金することにした。

俺がもらった魔剣サルマンは、王家の宝物庫で保管されていただけあってかなり性能が高いものだった。

単純な攻撃力は黒斬が一番高いが、俊敏がマイナスになる効果もある。

その点、魔剣サルマンはマイナス効果はなく、魔法を吸収して反撃に使えるものだ。

この八階層のモンスター相手だと、魔剣サルマンのほうが使いやすいな。バッカスには悪いけど。

五章 国王毒殺未遂事件

王都ダンジョンの八階層のモンスターは、半魚人しかいない。ただし必ず数十体で固まっている。二十体なら少ないほうで、多い時には百体近い数になる。

一体一体はそれほど強くないが、数が厄介だ。百体もの半魚人が俺たちを囲む光景はかなり恐怖心を煽る。しかし、俺たちは退かない。退くほど弱くないからだ。

「今日はここまでにしようか。さすがに疲れた」

「左様ですな」

八十体の半魚人を殲滅した俺たちは、ドロップアイテムを拾って屋敷に戻ることにした。

今回の探索で五百体以上の半魚人と戦って倒した。

ドロップアイテムはDランク魔石が四百六十二個。魔剣が十七本、魔槍が十五本、魔弓が十三張、魔杖が二本。

アンネリーセ、ガンダルバン、バース、ジョジョク、リン、ソリディア、ロザリナのレベルは四三まで上がっている。コロン、カロンのレベルは三二だ。

俺は転生勇者がレベル四二、両手剣の英雄がレベル四一、暗殺者がレベル四一、エンチャンターがレベル三八、剣豪がレベル四二になっている。

皆のレベルが上がったことで途中からエンチャンターではなく、他のジョブを上げている。とうとうバルカンに並んだ。このまま追い越してやろう。

ダンジョンから出ると、空は真っ黒だった。

今回はいつもより長くダンジョンに入っていたが、ボス部屋まで辿りつけなかった。それだけ半魚人との戦闘に時間がかかったということだ。

実際にマッピングはあまり進んでいない。それほどモンスターの密度が高いエリアなのだろう。

ちっ。嫌な顔を見てしまった。グリッソムだ。今からダンジョンに入るようだ。

「………」

グリッソムたちとすれ違うが、言葉は交わさない。

前回のことがあったからか、俺と目を合わせようとしないのだ。

「ガンダルバン。皆を連れて帰っていってくれ」

「あまり無茶をしないでください」

「分かっている」

皆を先に帰して、俺はグリッソムの屋敷に向かうことにした。

「すぐに帰るからね」

不安そうな目で俺を見つめてくるアンネリーセの頬に手を当てる。相変わらずきめ細やかな綺麗な肌だ。

「早く帰ってきてください」

「ああ、すぐに戻るよ」

皆と別れて、スキル・隠密を発動。俊敏任せで走り、グリッソムの屋敷に到着。

勝手知ったる他人の家。暗殺者のスキル・壁抜けは本当に便利だ。屋敷の中に入って気配を探ると、奴隷たちが檻(おり)の中に閉じ込められているのを発見。

いくら食料と水を与えているとはいえ、これはないだろ。あいつは本当にクズだな。

出してあげたいけど、今出してしまうと俺が忍び込んでいることがバレてしまう。

心を鬼にして檻の前から立ち去ろうとして、違和感を覚えた。なんだ、何かが……。

そうか、一人足りないんだ。グリッソムのパーティーは全部で六人。奴隷も六人いたはず。ここにいる奴隷は五人。一人足りない。

五人の奴隷を詳細鑑定で確認したが、もう一人のことは記録されていない。いくら詳細鑑定でも、本人が見聞きしてないことを調べることはできない。

でも分かったことが一つだけある。ここにいない奴隷はグリッソムのお気に入りだ。

男三人、女三人の六人パーティーで、奴隷も男三人、女三人の六人だった。いなくなっているのは、いつもグリッソムのそばにいた女性の奴隷だ。

嫌な考えが頭を巡る。そうなっていないことを祈るばかりだ。

今後はたまに奴隷たちの様子を見に来よう。

グリッソムの部屋に入ると、いつもと変わらず……いや違うな。

「これは血か」

絨毯(じゅうたん)に血痕と思われる黒ずんだ染みがあった。詳細鑑定で見たら、奴隷の血だと分かった。あの野郎……。これだけの血を流したということは、明らかに致命傷だろう。だが死体はどこに……？

そうか、ダンジョンの中か。あそこなら、ダンジョンが死体を吸収してくれる。証拠隠滅には丁度いい。

「クズがっ」

腹が立つ。胸糞(むなくそ)が悪い。

あいつも同じ目に遭わせてやりたい。いや、それ以上に苦しめてやりたい。だが、どうやったらあいつの悪事の証拠が掴(つか)める？　クズのくせにやたらと証拠がないんだ、あいつ。

父親のほうは証拠があるから、父親を破滅させてからあいつを衛兵に突き出すか。そうすれば、父親の権力で逃げることはできない。

本当はちゃんとした証拠を手に入れたかったけど、このままあいつを放置したら被害が増えるばかりだ。

証拠を見つけられないまま公爵邸に帰ると、アンネリーセ、ロザリナ、リン、ソリディア、厳島(いつくしま)さんが優雅にお茶を楽しんでいた。男連中は風呂らしい。

「やあ、皆でお茶会か。美人揃(ぞろ)いだから、目が癒(いや)されるね」

「お帰りなさいませ。装備を」

アンネリーセが俺の装備を預かろうとする。

「これくらい自分でできるから、大丈夫だよ。アンネリーセは皆とお喋(しゃべ)りをしていて」

「それはいけません。これは私の仕事ですから！」

圧が凄いんですが……？　どうした？

「私もお世話するのです」

ロザリナも？

「あ、あの……私も」

え、厳島さんまで？　本当にどうしたんだ？

「いや、本当に一人でできるから」

「「「駄目です！」」」

リン、ソリディア。助けてくれー！

あー、酷い目に遭った。

三人が競うように俺の装備を外すんだ。俺の装備はクイック装備に設定しているから、一瞬で外せるのにさ。本当に三人は急にどうしたんだよ？

さて、公爵がいないから、俺が王女に証拠の品々を提出するしかないんだよね。

あの王女、悪い人ではないんだけど、育ちがいいせいかいまいち頼りない感じがする。証拠を渡して本当に大丈夫なんだろうか？　一抹の不安があるんだよね。

それと渡す方法だよな。俺が直接「はい証拠です」と渡すのはあり得ない。それこそ王女の要らぬ関心を買ってしまうからね。でもさすがに王女の寝室に潜り込むのも気が引けるな。いくらなんでも女性の部屋に忍び込むのは、俺の中ではアウトだ。

そういえば国王は病気なんだよな。一応、確認してみるか。

話が分かりそうな人なら、グリッソムやエルバシル伯爵のことを頼んでもいいかな。もっとも姿を現さないジョブ・暗殺者の俺の頼みを聞いてくれるとは思えないけど。

翌日、俺は国王の様子を見るために、王城に忍び込んだ。

公爵の城も厳重な警備だったけど、国王の居城だけあって衛兵が多い。

でもジョブ・暗殺者レベル四一は伊達ではない。どこでも出入りできるぜ。

色々な部屋に入ってみたが、なかなか国王の部屋に辿りつけない。そもそも部屋数が多すぎる。

そして警備がとても厳重な部屋に入った。ここで正解のようだ。

豪奢な天蓋付きのベッドに、一人の男性が寝ている。顔色は土気色でまったく健康そうに見えない。元々は金髪だったと思われる髪は、ほとんどが真っ白に変わっている。息も細く、重病なのが分かる状態だ。これでは話はできないだろう。

――詳細鑑定。

「………」

なるほど、これはなかなかに重いな。

この国王は毒を盛られている。ダーガン病という病気と同じような症状になる毒らしい。

問題は誰が毒を盛っているかだ。まさか王女……ではないな。王女を詳細鑑定で見た際にそんな記載はなかった。財務大臣やエルバシル伯爵でもない。他に毒を盛った犯人が存在するということだ。

国王は毒を盛られ大臣や重臣は私腹を肥やし、この国はもう終わっているんじゃないか。

救いは王女が真面目で、騎士団長などまともな人もいることか。でもクズたちが幅を利かせているのは間違いない。大掃除するか、滅ぶかの二択が迫られる状況じゃね？

かなり重篤な状態の国王だが、俺ができることは王女に知らせるくらいなものだ。

国王が死んでも俺にはどうでもいいことだけど、毒を盛られていることを知ってしまったら放置はできない。因果な性格だよ、はぁ。

解毒しても手遅れかもだけど、見て見ぬふりをするのは気分が悪い。

国王が勇者召喚を決めた張本人だから、感情としては二、三発殴ってやりたいけど、国王（こいつ）は純粋に国のためを思ってやったことらしい。

連れてこられる勇者のことは考えてなかったようだが……。

王女の執務室に入る。もちろん、許可は取ってない。壁抜けがあれば、どこへでも自由自在に入れる。スキルが便利なのか、ジョブ・暗殺者が凄いのか。両方だな。

国王の毒のことを書いた紙を書類の間にこっそり挟む。

執務室の中には護衛が四人と文官が二人いるけど、誰も俺に気づかない。さすがは暗殺者・レベル四一だ！

もしかしたらあの騎士団長なら少しは反応するかもだけど、いないから問題ない。

王女は真面目に書類に目を通してサインをして、時々文官に確認や指示をしている。

護衛も文官も犯罪歴はない。王女の周りはちゃんとした人で固められているようだ。

王女が俺のメモを手に取って、目を剥いた。

声を出してはいないが、かなり動揺していることは見て取れる。

「殿下。いかがなさいましたか？」

文官の一人が王女の挙動を気にして声をかけると、王女は取り繕って佇まいを正した。

「今すぐダレナム侍医を呼んでください」

俺が王女だったら、国王の治療を行っている医者を一番最初に疑う。王女はその点では俺と同じようだ。次点として食事を作る料理人や給仕をするメイドか執事、あとは身の回りの世話をする人物と家族が浮かんでくる。


この執務室の外には部屋があって、護衛が六人配置されている。そこに多くの役人や面会を求める人が待機していた。

文官は不思議に思ったようだが、王女の命令だから待合室にいる護衛の一人に侍医を呼ぶように命じた。この人はこういった伝令用に配置されているようだ。

さらに王女は何かを書いて封書に入れ、蝋を垂らしてそこに指輪で印を押した。昔見たドラマか映画でこんな場面があったと、ちょっと懐かしくなった。

「騎士団長と魔法師団長に、この書状をすぐに渡してください」

「はっ」

伝令が走っていく。

騎士団長と魔法師団長は以前会ったことがあるけど、二人とも犯罪歴はなく王女への忠誠も高いようだった。

「少し疲れました。お茶を淹れてもらえるかしら」

「いますぐご用意いたします」

文官は待合室とは違うドアを開けた。そこには二人のメイドが待機していて、王女の身の回りの世話をしているようだ。

王女は執務机からソファーに移動し、目頭を揉みほぐした。お疲れのようだね。


お茶をして政務に戻ってしばらくすると、初老の細身の男性が入ってきた。この人物がダレナム侍医のようだ。

「で、殿下。火急のお呼びとうかがいましたが……」

ダレナム侍医はかなり緊張している様子で、声がかすれている。

詳細鑑定でダレナム侍医を見たが、ビンゴだった。この人が国王に毒を盛っている犯人だ。

「ダレナム侍医。国王陛下の病状について聞きたいのです」

「は、はい。国王陛下はダーガン病にかかっておいでです」

「あなたは治療薬はないと、以前言いましたね」

「はい。言いました。残念ですが、ダーガン病は珍しい病で、治療法は確立されておりません」

汗を拭きながら質問に答える。

「では聞きますが、ダーガン病と似た症状を起こす毒はありますか？」

「っ!?」

あからさまに動揺しすぎだろ……。

「そ、そのような毒の話は……聞いたことがございません」

ダレナム侍医は挙動不審だ。これで信じろというほうが無理だと思う。

「なるほど。では、あなたのレコードカードを見せなさい」

「えっ!?」

「ちょっとした確認です。陛下の病を本気で治す気があるのか、ないのかの」

「そ、そんな!?」

悲痛な声をあげるダレナム侍医を、王女の護衛が両脇から抱え込んで動けなくする。

「ドレン。確認を」

「はい」

四十歳くらいだろうか、赤茶の髪を伸ばした渋面の文官がドレンだ。そのドレンが前に出ると、ダレナム侍医は後ずさろうとしたが、両脇を抱えられているからできない。

「白日の下に彼の業(ごう)を示せ」

レコードカードが出てくる。いつも思うが、不思議な光景だ。

ドレンはレコードカードの内容を確認せずに、王女に手渡してその横に陣取った。

「そうですか。あなたが陛下に……、父に毒を盛ったのですね」

王女の静かだが明らかに怒りがこもった声に、ダレナム侍医は顔面蒼白(そうはく)になってわなわなと小刻みに震えている。

ドレンたち側近は王女の質問に毒という言葉があったことから薄々感づいていたようだが、表情が強張(こわば)った。

「殿下……それは……?」

ドレンが確認をしようとすると、王女はレコードカードを彼に渡した。

「こ、これはっ!?」

ドレンの目が見開かれ、レコードカードを凝視する。

「この者が国王陛下に毒を盛ったと密告がありました」

「なんと!?」

密告のことでも、ドレンたちは驚く。そして自分たちが知らない密告が、どういった経路で王女になされたのか気になるようだ。

ここにいますよー!

「あなたは長年王家に尽くしてくれている忠臣だと思っていたのに、なぜ裏切ったのですか!?」

王女の厳しい言葉が、ダレナム侍医に突き刺さる。

ダレナム侍医は足に力が入らないようで、うな垂れて護衛たちが体を支える形になった。

レコードカードには国王に毒を盛ったことは記録されているが、どうして国王を毒殺しようとしたのかの理由までは書かれていない。レコードカードはそこまで便利じゃないのだ。

だけど俺の詳細鑑定は、ダレナム侍医が国王を毒殺しようとした経緯が分かった。

ダレナム侍医は家族を人質に取られ、毒を盛るように強要されたにすぎない。彼がそのことを白状するかどうか、俺には分からない。でも人質になっている家族はどうなるのかな？

考えたら、ダレナム侍医も被害者の一人なのかもしれない。王家に忠誠を尽くせば家族が殺され、黒幕らの言うことを聞いたら国王を殺した大罪人にでっち上げられる。

ダレナム侍医はどういった経緯であっても、国王に毒を盛ったのだから死罪だろう。でもその後ろで糸を引いている奴がのうのうと暮らすのは我慢できない。俺はそういう奴が大嫌いだ。

ひらひらと王女の前に紙が落ちる。その光景に護衛たちが一斉に剣の柄(つか)に手をかけた。反応はいが、俺の隠密を見破るまでには至っていない。

王女はその紙を手に取り、目を剥き、唇を噛(か)み、紙をぐしゃぐしゃにした。

「そんなことが……」

「殿下……？」

「ダレナム侍医。貴方(あなた)に国王暗殺を命じた者がいるのですね？」

「っ!?　わ、私は……」

「家族を人質に取られているようですね」

「な、なぜそれを!?」

その言葉を聞き、王女は目を閉じた。何を考えているのか分からないけど、かなりの葛藤(かっとう)があるように見える。

「ダレナム侍医は監禁しておきなさい。誰の面会も許しません。常に複数の者が見張っているように。死なせてはいけませんよ。食べ物に毒が入れられたなどという言い訳はききませんからね」

目を開けた王女は、厳しい言葉で指示を出した。

「以後の予定は全てキャンセルです。待っている者は、速やかに持ち場に戻るように指示をしなさい」

ドレンが待合室に行き、王女の言葉を伝える。不満そうな顔をする者もいるが、相手は王女で摂政だからあからさまに文句を言う者はいない。

これから何をする気なのか、最後まで見届けてやろう。

王女は待合室とは違うほうのドアから出ていき、そこに控えていた二人のメイドを含めた護衛四人、文官二人を引き連れてさらにどこかへ向かった。

王女は長い廊下を早足で歩いた。早足で歩いているのに、優雅な歩き姿だと感心してしまう。メイドも素晴らしく、足音がしない。王女付きのメイドだけあって、洗練された所作だ。

護衛たちは鎧が擦れて音を出すが、文官もなかなかの足の運びをしている。

王女が歩いていった先には、騎士団長と魔法師団長、そして数十人の騎士団員と魔法使いが待っていた。

俺のスキル・隠密に騎士団長や魔法師団長は気づくだろうか。

「信用できる者だけを集めました」

騎士団長が一礼してからそう言うと、王女は俺が書いた二枚のメモを二人に見せた。

「ダレナム侍医は捕縛しました。レコードカードを確認したところ、間違いなく国王暗殺の実行犯です」

「では……」

魔法師団長が声を絞り出す。

「ええ、こちらの密告もまず間違いないことでしょう」

騎士団長と魔法師団長は顔を見合わせる。渋柿でも食べたかのような表情だ。

「これから王妃に会います。そこでダレナム侍医のことを話します。王妃はダレナム侍医の家族を殺して全てを闇に葬り去ろうとするでしょう。その現場を押さえてください」

「隠密行動に長けた者を選抜し、任務に当たらせます」

「バルバトスとカヌムは私と共に王妃のところへ」

「はっ」

「承知しました」

バルバトスは騎士団長で、カヌムは魔法師団長。この国の最高戦力の二人が護衛していたら、大概の暗殺者（俺は除外）は防げるだろう。もっとも国王のように、搦め手でこられるとそうもいかないと思うが。あと騎士団長と魔法師団長は俺に気づいていない。

騎士団長は後宮という王族が暮らすエリアを完全に隔離した。

王女か騎士団長の命令がない限り、誰も後宮から出ることも入ることもできない。ただし王妃の部下だけは別だ。

後宮を包囲する裏では、ダレナム侍医の家族の居場所を突き止めて救い出すミッションが進行しているからだ。

王女は騎士団長を引き連れて後宮へ入り、王妃が暮らす場所へと向かった。

「あら、エルメルダ。あなたがこんなところへ来るなんて、珍しいわね」

三十代後半の着飾った女性が、王妃なのだろう。

王女をエルメルダと呼び捨てにするのは、赤葉（あかば）のバカか立場が上の人物のはずだから間違いないと思う。

「王妃様。今日はご報告があって、やって参りました」

「あら、なんですの？」

鳥の羽根の扇子で口元を隠しているが、目つきはかなり悪い。

こんな人を王妃にしているのは、それが政略結婚だからだろう。

この王妃は継室――前王妃が死去した後に王妃になった人で、王女は前王妃の子。二人に血の繋（つな）がりはない。

「国王陛下を毒殺しようとしていたダレナム侍医を捕縛しました。国王陛下には神殿から神官を呼び解毒をしていただきます。また他にも国王陛下暗殺に加担した者がいると思われますので、城内の全ての者のレコードカードを確認させます」

その報告を聞いた王妃の慌てようは、不謹慎だけど見ていて面白かった。ここまであからさまに慌てたら、自分が犯人ですと言っているようなものだろ。

「摂政として命令を発布してもよいのですが、ことは国王陛下のお命にかかわることですから王妃様のお名前で発布するのがよろしいかと思い、こうして参上いたしました」

目を忙しなく彷徨わせ、ティーカップを持ち上げようとしてカタカタと音を立てる。王妃のイメージが俺の思っていたものと全く違うんですが？

王妃はポーカーフェイスで腹芸が達者なオバサンだとばかり思っていた。でも現実は俺の予想を大きく下回る小者臭がするオバサンだった。

でも王妃を詳細鑑定して分かったけど、こいつが黒幕じゃなかった。王妃も黒幕の一人だけど、本当の黒幕は別にいる。

「い、いいわよ。わたくしの名前で命令を出してちょうだい」

「はい。ありがとうございます。そうそう、ダレナム侍医の家族が何者かに拉致されているらしいので、今捜索させています。ほどなく背後関係がはっきりすると思われますので、吉報をお待ちください。それと申しわけございませんが、国王陛下のお部屋には、しばらくわたくしの手配した者以外は入れません。どうかご容赦を」

それだけ言うと、王女は踵を返して歩き出した。

国王の部屋には誰も入れないと王女が宣言したことに、王妃が何か言う前に立ち去ったようだ。

意外としっかりしているじゃん、王女さん。

「バルバトス。手筈通りに」

「承知しましてございます」

小さな声で二人はそう会話し、宮殿（後宮）を出ていく。

王女は執務室に戻って、バルバトスは現場指揮へと向かった。

どうやらカヌムは王女の護衛をするらしい。騎士たちがちょっと嫌そうな顔をしていた。口うるさいのかな？

「さて、この密告書をわたくしにくださった方、まだおりますか？」

王女も公爵のようなことをするな。貴族っていうのは、ステータスに表れないこういう特殊能力があるのか？　もちろん俺は返事しないからな。

「返事はいいです。ですがひとつだけ教えてください。国王陛下が毒に侵されていると、なぜ分かったのですか？」

返事はいいと言いながら、そういうことを聞くか。本当に返事しないからね。

「教えてはもらえませんか……。ではこの件が片付き次第、後日お礼をさせていただきます」

礼なんて要らないよ。

……あれ？　このシチュエーションはどっかで？　デジャヴ？

雲行きが怪しくなってきたので、王女のそばから離れることにした。

あの王妃のところへ行って大荒れしているのを見るのもいいかもと思ったが、もう一度国王のところへ向かうことにした。

王女は神官を呼んだと言っていた。神官がどうやって国王の毒を治療するのか見てみたい。好奇心が俺を滅ぼさなければいいのだが……なんてね。

国王の部屋は騎士団員が取り囲み、部屋の中も四隅と窓、ドアにそれぞれ人が配置されていた。そんなこと関係ない俺は壁をすり抜け、国王の部屋に侵入した。

部屋の片隅で待っていると、神官らしい男が入ってきた。四十代後半の予想よりも若い男だ。

その神官に続いて王女も入ってきた。あっちこっち忙しいね、王女は。

「神官長殿。国王陛下はダーガン病に似た症状を出す毒に侵されているそうです。解毒できましょうか？」

「保証は致しかねますが、なんとかやってみましょう」

神官長ということは、この神官はお偉い様ということか。

——詳細鑑定。

苦行をこなした神官ね。ん、この歯抜けの人生は……。

俺の詳細鑑定は、人間の人生の全てを見せてくれる。その人が認識してないことは記録されてないが、本人が忘れたことさえも記録されている。この神官には、その記録に妙な歯抜けがある。これは忘れているわけではなく、明らかに異常なものだ。

エルバシル伯爵にもグリッソムにも、その記録に歯抜けがあった。大したものではなかったのでその時は気にしなかったが、この神官は異常なほど多い。特に最近の歯抜け具合は酷い。

そこで詳細鑑定さんの本領発揮だ！

俺の詳細鑑定さんが本気を出せば、その歯抜けだって見せてくれる！　俺はそう思っているんだぜ、詳細鑑定さん。

さあ、本気を出した詳細鑑定さんや、この神官長の歯抜けの部分を俺に見せてくれ！　あんたに暴けない過去はないはずだ！

神官長が国王の体に触れる前に、瞬時に接近して首トンした。

ドサッ。神官長は床に倒れ、白目を剥いている。

「え？　な、何が!?」

「「「神官長殿!?」」」

危なかった。この神官長は、王妃側の人間だ。しかも重要な人物だ。今回の国王のことだけじゃない。アンネリーセにとってもこいつの存在は、とても重要な役目を果たしている。

こいつは罪を犯してもその罪を消すスキル・贖罪と、転職可能ジョブに転職できるスキル・転職を持っている。本当にびっくりだよ、こいつはどんな罪を犯しても全てを消し去れるんだ。

しかも通常の転職では、前のジョブのスキルは引き継げないが、自動で盗賊になった際だけはスキルを引き継ぐ。つまり、この神官長は何度盗賊に変わろうが、スキル・転職を持っているから自力で元通りにできるんだ。

そして、こいつはあのグリッソムのジョブが盗賊になった際、それを元の弱体呪術士に転職させていた張本人だ。やっと原因を見つけたぞ！

グリッソムに神官長の記録がなかったのは、神官長としてグリッソムに会っていなかったからだ。神官長は裏ギルドの副ギルド長という裏の顔まで持っていた。だから、神官長という立場ではなく、闇ギルドの人間としてグリッソムに会っていたのだ。

グリッソムにとっては、裏ギルドの人間という認識でしかないのである。

神官が悪事に手を染めても、自力でジョブを神官に戻せるとはさすがに思わなかった。

しかも転職で元のジョブに戻ったら、レベルも元通りだ。やりたい放題だよな、こいつ。

神官長がいきなり倒れたおかげで騎士たちがこれ以上ない警戒態勢の中、ひらひらと紙が落ちる。

王女がその紙を拾って読むと、すぐに誰かを呼ぶように命じた。

やってきた男はスキル・鑑定（高）を持つ人物だった。しかもスキル・看破まで持っている。

スキル・看破は歯抜けの部分を見抜く効果がある。これなら神官長の悪事が白日の下に晒されることになるはずだ。

さらに！　この人、なんとレベル五〇だ！

鑑定士というジョブなんだけど、まさかレベル五〇の人がいるとは思わなかった。

顔色が悪いから、もしかしたらブラック環境で鑑定ばかりさせられているのか？　と思ったんだけど、この人仕事大好き人間だわ。

何かあったらすぐ鑑定、何もなくても鑑定。鑑定、鑑定、鑑定、鑑定、鑑定、鑑定してないと不安で仕方がないらしい。

うん、病んでるね。

王女はこの病んでいる鑑定士に、神官長を鑑定させる。

「間違いありません。神官長殿……いえ、このダンデリードはジョブが盗賊に変わった形跡があります。しかもスキル・毒精製を持っています。神官ではあり得ないスキルです！　さらにスキル・贖罪によってレコードカードに刻まれた犯罪歴を消去できるのです。この者は神官どころか大罪人でございます！」

病んでいる鑑定士は興奮して唾を飛ばしながら報告した。

そして、この神官長のスキル・毒精製で精製された毒が、国王に使われていた。

このレベルの鑑定士になると、詳細鑑定ほどではないにしてもそれなりのことが分かる。

「なんということですか。聖職者が犯罪者だなんて。しかも国王を暗殺しようなどと……」

王女の落胆は大変大きなものだ。信用していたかは別として、神官だからという気持ちがあったのだろう。

王女は気絶している神官長のレコードカードを確認した。しかしレコードカードは綺麗なものだ。これがスキル・贖罪の効果なのだ。

こんなスキルを持っていたら、本当になんでもやりたい放題だ。俺も気をつけよう。

よし、ここは畳みかけるぞ！

ひらひらとメモ紙を落とすと、王女が拾う。

そのメモを読んで、王女が見た先には財務大臣やエルバシル伯爵などの不正の証拠が山と積まれている。俺がアイテムボックスに回収していたものだね。

そしてグリッソムが神官長に犯罪歴を消してもらったとも書いておいた。

俺の手でグリッソムを殺してやりたいという感情はある。でもそれをしたら、ジョブ・復讐（ふくしゅう）者に自然と変わってしまいそうだ。

グリッソムはダンジョンに入ったばかりだから、しばらく出てこないだろう。ダンジョンから出てきたら、これまでとは天と地ほどの差がある対応になる。その時のあいつの顔を見るのが楽しみだ。

グリッソムについては、これまでの罪を箇条書きにして王女に渡した。

檻の中で惨めな顔をしているグリッソムを思い浮かべると、少しだけ胸がスッとする。

まさか神官長がグリッソムを追い込むきっかけになるとはな。待っていろよ、グリッソム！


グリッソムがダンジョンから出てくるまで時間がある。

ダンジョンの出入り口はギルドの職員が見張っている。グリッソムがダンジョンから出てきたら、ギルドが捕縛して騎士団へ引き渡されることになっている。

グリッソムがダンジョンから出てきたら報告をしてほしいとギルドと国に頼んだら、すぐに了承してもらえた。

こういう時に男爵という地位は役に立つ。平民ではこうはいかなかっただろう。面倒なこともあるが、貴族という地位はこういう時に便利だと実感したよ。

グリッソムのレベルだと、ダンジョンに入ったら半月くらい出てこないこともザラだ。気長に待つしかない。

そこで俺はあることを試してみることにした。


――王都ダンジョン二階層。

ダンジョンムーヴで移動し、メインジョブを村人にチェンジ。サブジョブは最も体力の高い転生勇者。

さらにステータスポイントを腕力と俊敏に振り、その値を引き上げる。

「トーイ様。こんな低階層で何をするのでしょうか？」

アンネリーセの質問は、全員の疑問でもあるだろう。

今回はアンネリーセとロザリナ、それからイックシマさんとヤマトを連れてきている。なぜイックシマさんとヤマトがいるのかというと、二人がダンジョンの雰囲気を一度は感じたいと言うからだ。浅い二階層でちょっと試すだけだから、非戦闘員の二人がいても問題ないだろうと思ってのことだ。

「トーイ君。大丈夫なんだろうね？」

「ヤマトは心配しいだな。俺だけじゃなくアンネリーセとロザリナもいるんだ。ヤマトはともかく、イックシマさんには指一本触れさせないさ」

「僕の扱い、酷っ！」

「男ってーのは、そういうものだ」

そこでモンスターが現れた。グリーンスネーク・レベル三だ。


「あれがモンスターなの……」

イックシマさんが顔を青くする。

「へ、へビ!?」

ヤマトはなんで俺の後ろに隠れて、地面に座り込んでいるんだよ。

イックシマさんはちゃんと自分の足で立ってモンスターを見ているぞ。

「僕はヘビが苦手なんだよ」

「そんなことは聞いてない。イックシマさんは大丈夫？　怖かったらアンネリーセたちの後ろにいていいからね」

「うん。大丈夫。ヘビは触れないけど、見るだけならそこまで嫌悪してないから」

「ヤマトよりよっぽど男らしいね」

「女の子に男らしいなんて、言うものじゃないですよ」

「あ、そうか。アンネリーセの言う通りだね。イックシマさん、ごめんね」

「いいよ。でも、私も戦ってみようかと思ってるの」

「「え!?」」

戦うって、マジで？

「イックシマさんは錬金術師だったよね？」

「ええ。私自身は弱いけど、戦う準備はしてきたの」

「というと？」

「これを」

イックシマさんは肩掛けカバンから小瓶を取り出した。

「それは？」

「爆破薬よ。衝撃を与えると、爆発するわ」

「こわっ!?」

ヤマトが悲鳴のような声を出して、俺の後ろに隠れた。なんでお前が怯えるんだよ？

「それ、ここで爆発しないの？」

「大丈夫だよ。ガラス瓶が割れて、爆破薬が空気に触れて化学反応を起こさないと爆発しないの」

それならいいのか？　まあ、イックシマさんが平気な顔をしているから、大丈夫なんだろう。

「それなら、俺は俺の目的を果たさせてもらうから、それが終わってからでもいいかな？」

「ええ、トーイ君の戦闘をしっかり見させてもらって、戦闘の雰囲気に慣れさせてもらってからでいいわ」

待たせたな、グリーンスネーク。俺はシャドーボクシングをして、体をほぐす。

「よし、行ってくる」

「トーイ様。油断しないように」

「ご主人様。がんばってなのです」

「トーイ君。気をつけてね」

「早くヘビをやっつけてほしいかな」

皆の声援を背に受けて、俺はグリーンスネークへと近づく。

細い舌をチロチロさせて、グリーンスネークは殺気のこもった目を向けてくる。

グリーンスネークは体をバネのようにして飛びかかってきたけど、その動きはスローモーションのようにゆっくりだ。

俺のジョブ・村人はレベル二。普通なら素手でグリーンスネークと戦うなんて自殺行為だけど、俺にはサブジョブがある。

サブジョブの転生勇者は本来の能力の半分になるが、レベル三のグリーンスネークなどに後れは取らない。

「ふんっ」

左のジャブ。その一撃でグリーンスネークの頭部が爆(は)ぜた。ただでさえ腕力の高い転生勇者をサブジョブにし、さらにステータスポイントを腕力と俊敏に振っている。これで怪我(けが)をするようなら、俺の戦闘センスは壊滅的だということだ。

なんでこんなことをしているか。

それは城で気絶させた神官長が就いていたジョブ・聖赦官(せいしゃかん)の転職条件を確認したからだ。

あの神官長、今はクズだけど、昔はかなり厳しい修行をしていたらしい。その時に神官から聖赦官に転職したのだとか。

クソ神官に成り下がったのは、聖赦官に転職して三年ほど経(た)ってからだ。赴任していた村が盗賊に襲われ壊滅してしまったのだ。その時村を離れていたあいつは、自分の無力さを痛感したらしい。あれほど厳しい修行をしても、盗賊から村人を助けることができなかった。そのことで心を病んでしまったのだ。

俺に言わせれば、そんなものは当たり前のことだ。力があるから、いいジョブについたから、そんな理由で全てを救えるわけがないのだ。そう考えるほうがおかしいと思うが、神官長は生真面目ゆえに精神に異常をきたしてしまった。

神官長のことはどうでもいいし、興味もない。でもそのジョブには興味がある。

ジョブ・聖赦官への転職条件はジョブ・神官になってからさらに厳しい修行を積むこと。神官に転職してからさらに厳しい修行を積むなんてするつもりはない。だから他の取得条件があってよかったよ。

今回俺がチャレンジするのは、ジョブ・村人で自分よりもレベルの高いモンスターを素手で十体倒すこと。

しかも三時間以内に連続で倒さないといけない。俺ならサブジョブとステータスポイントがあるから問題ないけど、普通なら自殺ものの取得条件だ。

詳細鑑定のおかげで、俺でも取得条件を満たせそうだと思った。思ったら、やらないと気が済まないよね。

ちなみにこれは詳細鑑定ががんばってくれたから見えたもので、最近は他にも色々見えるようになっている。

さらに、聖赦官への転職条件で素手ではなく武器を使った場合は、神官に転職できるようになる。それも一応試しておくつもりだ。


十体のモンスターを素手でぶっ飛ばしたところで、選択可能なジョブに聖赦官が増えた。

ん、なんだこれ？

選択可能なジョブのいくつかが赤く点滅している。

「………」

いったいなんだ？　俺などには向かない聖職者のジョブを手に入れたから、デメリットとしてジョブ選択ができなくなったのか？

俺は焦って、点滅しているジョブをセットしようとした。

【ジョブ・商人・レベル一、ジョブ・運搬人・レベル一、ジョブ・旅人・レベル一を合成しますか？

Ｙｅｓ／Ｎｏ】

「は？」

いやいやいや、なんだこれは？

しょ、詳細鑑定。これはどういうことだ？

「………」

反応しないのか!?

だけど、面白そうだ。どうせ使ってないジョブなんだ。なくなっても問題はない。

――Ｙｅｓ！

【ジョブ・商人・レベル一、ジョブ・運搬人・レベル一、ジョブ・旅人・レベル一を合成すると、これらのジョブは二度と取得できませんが、合成しますか？　Ｙｅｓ／Ｎｏ】

親切に注意を促してくれるのか。さっきも言ったけど、どうせ使ってないジョブだからいいよ。

Ｙｅｓだ。

【ジョブ・商人・レベル一、ジョブ・運搬人・レベル一、ジョブ・旅人・レベル一を合成しました。新たにジョブ・拠点豪商・レベル一を取得できました】

拠点……豪商だと？　おい、詳細鑑定。今度こそ仕事をしてくれよ。

▼詳細鑑定結果▼

・拠点豪商：拠点間を一瞬で移動できる豪商。スキル・拠点転移（微）、値引（微）、利鞘（微）、看破（微）、鑑定（微）、アイテムボックス（微）が使える。ユニークジョブのため、取得条件は合成（商人・運搬人・旅人）のみ。

合成でしか取得できないユニークジョブだと？

こんなジョブがあるなんて、神様も面白いことを考えるじゃないか。

てか、イックシマさんもヤマトも転職は神殿に行かないとできないと言っていたから、これって俺以外に取得できないよな？

とりあえず、スキルを確認しておこうか。

▼詳細鑑定結果▼

・拠点転移（微）：拠点に転移門を設定することで、転移門間を一瞬で移動することができる。
三カ所まで設定できるが、一度解除した場所の半径一キロメートル以内に再設置する場合は、五日間待たなければならない。消費魔力三〇。（〇／三カ所）

・値引（微）：何かを購入する際に、一割引きになる。（パッシブスキル）

・利鞘（微）：何かを販売する際に、一割上乗せされる。（パッシブスキル）

・看破（微）：嘘（うそ）や偽装などを見破れる。（パッシブスキル）
・鑑定（微）：対象が持つ情報の一部を確認できる。（アクティブスキル）
・アイテムボックス（微）：十枠分のアイテムを収納できる。（アクティブスキル）

おおお！　拠点転移は今のところ三カ所しか登録できないようだが、転移で一瞬で移動ができるなんて夢のようなスキルじゃないか！

それに値引と利鞘も地味に嬉（うれ）しいし、看破は嘘も見破れるからいいスキルだ。

なぜ今なのか。そんなことは分からないが、合成、いいじゃないか。

問題は合成した後のジョブが事前に分からないことだな。合成した後に、後悔するということになりかねない。

他に合成できるジョブは……。


【ジョブ・両手剣の英雄・レベル四一、ジョブ・剣豪・レベル四二を合成しますか？　Ｙｅｓ／Ｎｏ】


両手剣の英雄と剣豪はここまで育てたジョブだが、合成したらレベルはどうなるのかな？　それ以前に使えないジョブになったらどうしようか？

しかも両手剣の英雄はともかく、剣豪は俺の対外的なジョブだ。これを合成の素材にしていいのか？

……ま、いいか。こういうのはノリでいくぜ！

Ｙｅｓ！　アンド確認もＹｅｓ！

【ジョブ・両手剣の英雄・レベル四一、ジョブ・剣豪・レベル四二を合成しました。新たにジョブ・英雄剣王・レベル一を取得できました】

あー、レベルはやっぱり下がるのか。またレベル上げの楽しみができたと前向きに考えよう。

ん……あぁぁぁぁぁぁっ!?

ステータスポイントが八一ポイントも下がった！

両手剣の英雄と剣豪のレベルがリセットされた分、ステータスポイントも下がるのか。盲点だった。

ステータスポイントが下がることを考えると、レベルを上げたジョブを合成するのは考えものだな。

「トーイ様。考えはまとまりましたか？」

「ん、あ、うん。ＯＫ。大丈夫。まとまったよ」

俺がジョブを触っている間、皆は何も言わずに待っていてくれたようだ。

「悪かったね。おかげで面白いことができるようになったよ」

「それはよかったです」

アンネリーセの微笑み(ほほえみ)が眩しい(まぶしい)！

▼詳細鑑定結果▼

・**聖赦官**：神を崇め、神を代行する者。スキル・祈り（微）、癒し（微）、浄化（微）、転職（微）、贖罪（微）、罪痕（微）が使える。取得条件はジョブ・神官の上位職。神官が寝食を忘れ、修行に明け暮れることで転職可能になる。またはジョブ・村人で誰の手も借りず、素手だけで自分よりもレベルが高いモンスターを三時間以内に十体倒す。

・**祈り**（微）：十秒間祈りを捧げることで、五分間スキル・癒しとスキル・浄化の効果を高める。消費魔力二。（アクティブスキル）

・**癒し**（微）：軽度の怪我や病気を完全に治癒する。中度以上の怪我や病気は完治できない。消費魔力五。（アクティブスキル）

・**浄化**（微）：軽度の毒や穢れを払う。消費魔力五。（アクティブスキル）

・**転職**（微）：対象の転職可能ジョブを見ることができ、転職させることができる。消費魔力二〇。（アクティブスキル）

・**贖罪**（微）：その罪に応じた魔力を捧げて対象の罪を消し去る。（アクティブスキル）

・**罪痕**（微）：対象のレコードカードに二度と消えぬ罪の記録を刻む。消費魔力一〇〇。（アクティブスキル）

犯罪者にとっては、喉から手が出るほど欲しいスキルがある。

このジョブに就いてからなら、犯罪を犯しても聖赦官に戻ることができるし、犯罪歴も消せる。シャレにならん。

▼詳細鑑定結果▼

・**英雄剣王**：兵を指揮してよし、剣を使えば万夫不当の者。スキル・ヒロイック・スラッシュ（微）、見切り（微）、指揮（微）、全体生命力自動回復（微）、全身全霊（微）、不撓不屈（微）が使える。ユニークジョブのため、取得条件は合成（両手剣の英雄・剣豪）のみ。

・**ヒロイック・スラッシュ（微）**：英雄剣技。邪悪な者の魂に癒えぬ傷を与える。生命力上限を恒久的に本来の三割まで低下させる。消費魔力一〇〇。（アクティブスキル）

・**見切り（微）**：回避率二十パーセント上昇。（パッシブスキル）

・**指揮（微）**：指揮下にある全ての者の腕力、体力、俊敏、知力、精神力、器用を十パーセント上昇させる。指揮下に置ける人数は十五人まで。（パッシブスキル）

・**全体生命力自動回復（微）**：自身と指揮下にある全ての者の生命力を回復させる。生命力回復量は毎分三ポイント。（パッシブスキル）

・**全身全霊（微）**：自身の腕力、体力、俊敏、知力、精神力、器用の各能力値を三〇ポイント上昇させる。（パッシブスキル）

・**不撓不屈（微）**：戦闘が長引くほど力を発揮する。十秒ごとに腕力、体力、俊敏が五ポイントずつ上昇する。（パッシブスキル）

なんか強いな……。

それにこの不撓不屈というスキルは、明らかに異常だ。

腕力、体力、俊敏の各値が一分で三〇ポイントも上昇する。戦闘が長引けば長引くほど、強くなっていくのだ。俺としてはありがたいし、育てようと思う。

今のところ既存ジョブは十分に強いし、サブジョブやステータスポイントもある。仲間もいるからボスでも苦労はしない。

さすがに八階層ではモンスターの数に苦労しているが、これもレベルが上がれば問題なく対処できるようになるだろう。

だから無理にジョブ合成するのではなく、転職可能ジョブを増やすことにした。そうすれば増やしたジョブで合成ができるかもしれない。

とりあえず神官も転職可能にしておく。これは聖赦官の武器あり仕様で取得できるから、難易度はぐっと下がる。

あとヤバい合成が一組ある。

復讐者と暗殺者の組み合わせだ。この組み合わせは試す気が起きない。絶対にヤバい。

それに暗殺者を合成素材にするつもりはない。どんなジョブになるか分からないし、レベルがリセットされたりステータスポイントが四〇ポイントも下がるのは、すでに八一ポイントも下がっているから痛すぎる。

神官の転職条件をクリアして、休憩を取った。

「俺のほうは終わったから、今度はイツクシマさんの番だね」

「うん」

イツクシマさんの戦闘は……これは戦闘というより、蹂躙だな。

爆破薬は範囲攻撃となり、モンスターが複数で出てきても瞬殺だった。

モンスターを前にしたら怖がるかと思ったけど、そういうこともなかった。

俺のイツクシマさんのイメージは、控えめでおっとりとした子だった。それが喜々としてモンスターを爆殺するのだから、かなり驚いた。

ちなみにクラスメイトたちのジョブを詳細鑑定で見ても、取得条件は分からなかった。おそらく召喚された人と同じジョブには就けないのだろう。

ただしクラスメイトの中にも、一般的なジョブはある。それは剣士や槍士だが、そういったジョブは普通に取得条件が見えた。

公爵の屋敷に帰って、仲間たちと寛いだ。

「イツクシマさんが戦闘を躊躇しなかったのは驚きだったよ」

「こっちへ召喚されて数カ月。私も少しは覚悟を決めたから」

「凄いね、イックシマさんは。それに比べてヤマトは……」

「ぼ、僕はヘビが苦手だって言ったよね」

「二階層はグリーンスネークだけじゃなく暴走イノシシも出てきたけど、ビビッてたよな？」

「い、いやそれは……」

「まあ、戦闘職じゃないから、怖いのはしょうがないか」

「そ、そうなんだよ！　僕も戦闘職だったらもっとね、ほら」

何がほらだよ。まあヤマトはダンジョンの空気を感じるために入っただけだから、もう二度と入らないだろうし構わないけどさ。

六章 子供は国の宝。もれなく聖女と隠者がついてくる

今日はメインのメンバーで、王都ダンジョンの八階層を攻略する予定だ。

ダンジョンムーヴで八階層に移動したら、メインジョブ転生勇者、サブジョブ英雄剣王に変更。

今日はとことん英雄剣王を育てるつもりだ。

最初に発見した半魚人の群れは、およそ五十体。八階層では、中規模の群れになる。

「一気に片づけるぞ」

「「「応！」」」

ガンダルバンを先頭に、俺、ロザリナ、ジョジョク、リン、コロン、カロンが突っ込む。

ガンダルバンの体当たりを受けた半魚人が、吹き飛んだ。

ロザリナが一瞬で五発のパンチを繰り出すと、半魚人は地面に倒れた。

ジョジョクの魔剣が半魚人の四肢を斬り飛ばす。

リンの魔槍（まそう）が半魚人の眉間を貫いた。

コロン、カロンの姉妹が二人で一体を相手に戦い、攻撃を受けずに完勝する。

ソリディアが召喚した三体のレイスを合成したレイス改が、半魚人の生命力を奪い取っていく。

バースの魔毒の弓から放たれた矢が刺さった半魚人の動きが悪くなっていき倒れた。

アンネリーセの雷魔法、サンダーレインが多くの半魚人を蹂躙（じゅうりん）する。相変わらずアンネリーセの魔法は半端ない威力だ。

俺も負けていられないと魔剣サルマンで半魚人の首を斬り飛ばし、その流れでさらに三体を倒す。

俊敏にステータスポイントを振っていることから、半魚人の動きはスローモーションだ。百体相手でも傷を負うことはないだろう。

五十体の半魚人を、数分で倒しきった。随分と戦いが楽になった。それだけ、複数相手の戦闘に慣れたということか。

「皆、怪我(けが)はないか？」

皆、ないと言うが、一応全員の状態を確認しておく。

おっ！　コロン、カロン姉妹が、上位職に転職可能になった。

「カロン、コロン、コロンのジョブが上位職に転職できるが、どうする？」

「「え？」」

そんなに驚くなよ。仲間になってまだ日が浅いけど、今までちょいちょい見てきただろ？

「できれば転職したいです」

姉で小さいほうのコロンが言う。

「上位職への転職だからレベルが下がるものではないが、体の感覚が違うかもしれないぞ？」

「戦いながら修正します」

今度は妹で大きいほうのカロンが返事した。

「分かった。コロンはハヤブサの双短剣士、カロンは暗黒重戦士だ」

元々素早いコロンはさらに速度が上がるジョブ・ハヤブサの双短剣士・レベル四〇になり、重戦士だったカロンは攻撃力がさらに上がるジョブ・暗黒重戦士・レベル四〇になった。

二人の転職は俺がサブジョブに聖赦官をセットして行った。レベルの高い二人を転職させたことで、聖赦官のレベルが二から七まで上がった。美味しすぎるな、これ。聖赦官のレベル上げを積極的に行おうとは思わないが、こういうのは大歓迎だ。

何度か群れを潰して進んでいると、コロンとカロンも新しいジョブに慣れたようだ。

おかげでかなりの戦闘力アップになった。今やコロンもカロンもしっかりと戦線を支える存在になっている。

するとバースのスキル・広範囲探索に宝箱の反応があった。

「これはまた……」

ガンダルバンが呆れる。

「物々しいな」

呆れるほどの半魚人の群れだ。宝箱はおよそ三百体の半魚人の群れの中に鎮座していた。モンスターハウスとでも言うべきか。

「でも毒の沼よりはマシなのです」

「ロザリナの言う通りだな。こいつらなら、ぶっ飛ばせばいい。そしたら宝箱をゲットだぜ」

聖赦官がある今なら毒もそれほど怖くないと思うが、わざわざ毒の沼に入る必要はない。もっとも、毒の沼の宝箱はすでに回収したけど。

「三百体は骨が折れますな」

ガンダルバンが苦笑する。

「最初にアンネリーセの大魔法で数を減らしてもらおう」

「お任せください！」

アンネリーセが力強く頷いた。

ミスリルの杖を掲げ、集中する。

愛の賢者であるアンネリーセの魔法は強力無比だ。しかも広範囲にその無慈悲なまでの魔法が降り注ぐのだから、モンスターとしてはたまったものではないだろう。

「サンダーバースト！」

精神集中が終わったアンネリーセの口から魔法名が紡がれると、眩い光と轟音が鳴り響き半魚人を蹂躙した。

「凄いですな……」

「半分くらい倒したんじゃないですか？」

ガンダルバンとバースが呆然と立ち尽くす。

「おい、ボーッとしてないで、行くぞ！」

「これは失礼しました」

俺たちは残った半魚人の群れに突撃した。

俺の右をロザリナが、左をジョジョクが固める。

二人と共に攻め寄せる半魚人たちを薙ぎ倒して進む。

コロンとカロンはガンダルバンとリンが守りつつ進む。

ガンダルバンも魔剣を持ち攻撃力は高いし、魔槍を回転させ半魚人を薙ぎ払うリンがいるからコロン、カロンは心強いだろう。

「オラオラオラーッ！」

どんなに半魚人を斬っても、魔剣サルマンの斬れ味は落ちない。いい魔剣をもらった。これは素直に王女に感謝だ。

俺たちが半魚人を斬り伏せていると、再びアンネリーセの魔法が炸裂した。あと少しだ。

最後の半魚人を斬り伏せる。さすがに少し疲れた。

「宝箱に罠はあるか？」

「いえ、罠はありません」

「よし、開けてくれ」

バースに宝箱を開けてもらう。

中には……。瓶が一本と革袋が一つあった。

「革袋を開けてみてくれ」

俺は瓶を手に取って詳細鑑定してみた。

▼詳細鑑定結果▼

・若返薬：この薬を飲むと十歳若返る。

マジか。八階層ともなると、高値がつきそうなものが出てくるな。

「革袋には十万グリル黒金貨が三十枚入っています」

三〇〇万グリルと若返薬か。よい儲けになるな、これ。

ちなみにアンネリーセはエルフだから、寿命がとても長い。そして俺はハイヒューマンだから寿命がとても長い。

若返薬は使わず売ってしまってもいいかもしれない。そのほうがガンダルバンたちの実入りが多くなるし。

数日ぶりに王城に入った。もちろん姿を隠して王女の執務室へ。言っておくがストーカーじゃないからね。

「殿下。これより裏ギルド摘発に向かいます」

騎士団長のバルバドスが背筋を伸ばして、王女に報告した。どうやらこれから悪党どもの一斉検挙が行われるようだ。

「情報管理に抜かりはありませんね？」

すまん。俺がここにいる時点で情報管理はアウトだ。

でも安心してほしい。俺は悪党に情報を流すほど腐ってないから。

「鑑定士総出で白だと確認した者たちばかりを集めております」

レコードカードの確認は当然だが、それでは引っかからない犯罪者を徹底的にチェックしたか。

そのために、鑑定士を総動員して犯罪の有無を確認させたようだね。徹底しているね、王女様。

国王を毒殺されそうになったのだから、そのくらいのことはするべきか。王女様、育ちがいいからおっとりしていると思ったが、やる時はやるじゃないか。

「皆の無事の帰還を祈っております」

「はっ！」

聞けば、騎士団員の二割くらいが引っかかったとか。そのおかげで騎士団は人手不足になり、王城の牢が満員御礼状態らしい。

どうでもいいけど、大入袋はもらえないそうだ。まあ牢が満員では、嬉しくないどころか笑えないからな。


王女の執務室を出ていくバルバドスに俺もついていく。今回は国王暗殺未遂のため手加減はしないと、かなり意気込んでいる。

国王暗殺の黒幕は裏ギルドのギルド長だ。そのギルド長だけど、実は王妃の兄のベナス侯爵だったりする。しかも内務大臣でもあるんだね。驚いたよ、本当に。

ベナス侯爵は財務大臣ほど大っぴらではないが、不正をしていた。しかも裏ギルドのギルド長までしていた。

先代侯爵が裏ギルドを作り、現侯爵が大きく成長させたという生粋のクズ親子だ。

さらに、妹が王妃になる幸運にも恵まれ、内務大臣という国の重職にも就いた。

ところが、王妃の産んだ王子ではなく、亡くなった前王妃の子供であるエルメルダに、国王が王位を譲ろうとしているのを知ってしまったわけだね。

ベナス侯爵と王妃は、国王を亡き者にして王妃が生んだ王子を新国王に就かせる。そうすればベナス侯爵は国王の伯父になるわけだ。権勢、ここに極まれりってことだな。

そんなことを考えている時に、国王が勇者召喚を行う意向を固めた。

最初は国王が財務大臣にそそのかされていると思っていたベナス侯爵だったが、その勇者の力を借りて国内の不正を正そうとしていることを知った。

財務大臣がどうなろうと構わないが、裏ギルドを率いていることから下手なことをされては困るとベナス侯爵は考えた。

ここでも国王が邪魔になった兄妹は、国王を病死に見せかけて殺そうと計画した。

国王のそばには妹の王妃がいて、さらに神官長は部下の副ギルド長だった。国王に毒を盛るのはそんなに難しい話ではない。

念のため侍医を味方につけようとしたら、思いのほか頑固だったから家族を拉致して言うことを聞かせた。


粛々と国王を蝕（むしば）む毒を盛り、あと一カ月もすれば国王は病死するはずだった。

ダーガン病は治療法が確立されていない病として知られているが、衰弱する速度は遅い。それが幸いしたようだ。

多くの病気は神官の治療やポーションで治せるが、ダーガン病はその対象外の病だ。だから時間がかかってもダーガン病のようにじわじわ衰弱させる必要があった。下手に急死させるとダーガン病ではないと思われ、毒殺を疑われるからね。

しかし、王妃選びの時にベナス侯爵家をしっかり調査しなかったのかと、呆れるよ。でも簡単に分かるようなら、侯爵家はもっと早くに潰れていただろう。

とにかくベナス侯爵家は、表と裏で大きな力を得た。そしてその表の地位を利用して裏ギルドをさらに飛躍させたのだ。

今回、王女はベナス侯爵家を族滅させる決意をした。国王暗殺は未遂でもそれほど重い罪に問われるということだ。


騎士団はいくつかに分かれて、一斉検挙を行う。

騎士団長は指揮がしやすいように、城を出て貴族街と平民街の境付近に陣取った。

「第一部隊、突入しました」

「ご苦労」

伝令が作戦行動の経過を報告する。

「今日こそはこの王都の膿（うみ）を全て出してくれる！」

バルバドスの鼻息は荒い。

縁あってこの国で暮らし始めた俺としても、膿は出し切って健全な国家運営をしてほしい。そうじゃなければ、いずれこの国を出ていかなければいけないかもしれないし。

今回の作戦は、ベナス侯爵家と裏ギルドの検挙だ。そこから芋づる式に、多くの貴族が処分されることだろう。

続々と報告が上がってくる。

ベナス侯爵家は当主の侯爵をはじめ、その妻たちと子供たちは全員押さえた。裏ギルドのほうは副ギルド長クラスを一人逃がしたようだ。それ以外は概ね捕縛しているから、壊滅と言って差し支えないだろう。

神殿のほうは神殿騎士が抵抗を続けているが、騎士団としてもその抵抗は織り込み済みで精鋭を多く回している。

王女は神殿の神官全員に鑑定を受けるように命じた。神官長が国王暗殺を企てたのだから王女の命令は当然だが、神殿はその命令を拒絶した。

神殿への派兵はかなり迷ったらしい。いくら国王暗殺の犯人の一人が神官長でも、神殿の権威というものはバカにできない。神殿に派兵すれば、王国中の神殿やその信徒を敵に回すかもしれない。しかも神殿はこの国以外にも勢力を誇っている。下手をすれば国を揺るがす内乱どころか、他国から攻め入られる展開に発展しないとは言い切れないのだ。

それでも王女は派兵を決定した。貴族たちへの根回しはできていない。根回しすれば神殿側に情報が流れる。それは避けたいということだ。

ほどなくして神殿の制圧が完了したと報告があった。

摘発後、俺は王女の執務室を訪れた。

彼女は化粧で誤魔化しているが、酷い顔をしている。目の下にクマができているじゃないか。美人が台無しだ。

国王毒殺未遂事件だけじゃなく、官僚の腐敗も同時に摘発しているから忙しいんだろうな。

王妃は軟禁されていたが死亡した。王女が毒を飲ますように指示したようだ。そのうち病死として公表されるらしい。

可愛(かわい)い顔して非情な決断をする。でも継室とはいえ、母親に死刑を宣告するのは辛(つら)いものがあったはずだ。

こういった心労の積み重ねが、あの目の下のクマになって表れているのかもしれない。

俺、王女様を結構見直していたりする。手伝わないけど、応援しているからね。ガンバレ!

王妃は王太子の母でもあるが、さすがに王太子は殺さないらしい。でも王太子は王位継承権を剥奪(はくだつ)されて幽閉されている。公にせず幽閉したまま一生暮らしてもらうようだ。

この世界では親の罪が子にも及ぶ。国王暗殺未遂ともなれば、親子だけでなく一族が滅ぼされる。王妃もバカなことをしたものだ。クズな兄など切り捨てれば王妃は死なずに済んだかもしれないのに、王太子を巻き込んで自滅した。

次の国王はまだ五歳になったばかりの第二王子が有力らしいが、成人までまだ十年ある。それに、これは王女の思惑であって、国王の思惑ではない。

国王は王女を次の王に就けようとしていた。王女はそれだけ見込まれているということだ。王女が女王になる日は、意外と近いのかもしれない。

国王はちゃんとした神官によって解毒された。それが効いて話ができるまでに回復しているらしい。ただし国政復帰にはまだ時間がかかるそうで、それまでは摂政の王女が孤軍奮闘しなければいけない。


財務大臣とエルバシル伯爵たち財務官僚はすでに捕縛されている。

彼らは家財没収のうえ、奴隷落ち。もちろん爵位も剥奪だ。

財務系の貴族の腐敗はかなり酷く、全員逮捕して失職させると仕事が回らなくなる。そこで王女は罪の重い官僚は別として、微罪の官僚を奴隷にして不正できないようにしたうえでこき使うことにした。ここで役に立たないと過酷な環境で働かされるため、死ぬ気で働いているようだ。王女は転んでもただでは起きないね。


財務大臣にはルディル大臣補佐官が昇格する。

ルディル新財務大臣はエルバシル伯爵と殴り合いの喧嘩をしたと噂される人物で、俺の詳細鑑定でも真面目な人物だと出ていた。王女を補佐してしっかり財務省を動かしてくれることだろう。

内務大臣も真面目な人物が就くらしいから落ちつくまでの辛抱だ。


次に不正抑止の件だが、今回のことを重く見た王女は抜き打ちでレコードカードの検査を行うことを決定した。

官僚と騎士団員などの国に仕える者たちは、年に最低一回、三年で四回以上の抜き打ち検査が行われる。抜き打ちだから事前告知はないし、時期も決められていない。

これは貴族も平民も関係なく行われる。拒否した者は問答無用で罷免され、牢に入れられるそうだ。

これまでが酷い状態だったから、これに異を唱える人はいなかった。もしいたら真っ先に粛清されたことだろう。

今回のことで王女はかなり果断な対応をしてる。この機に城内から悪党を排除する覚悟が伝わってくるものだ。


あの侍医の家族は発見されたが、全員死んでいた。拉致された直後に殺されていたようで、死体は腐敗して酷い有様だったらしい。あの病んでいる鑑定士が鑑定して初めて侍医の家族だと分かったそうだ。

脅されてやったとはいえ、国王を殺そうとしたのだから侍医とその家族は死罪だ。遅かれ早かれ家族は死ぬことになるとはいえ、無惨に殺されて死体を放置されるのは悲しいことだ。家族の冥福を祈ってるよ。


王女が目頭を揉みほぐして、伸びをする。その所作は年齢なりの可愛いものだ。

国王の長女に生まれたことで、その細腕に国の舵取りを任せられてしまった。不憫だとは思うが、がんばってくれと祈ることしか俺にはできない。

城のほうはまだ落ちつかないが、俺たちはダンジョンの八階層に入った。

バースの案内で戦闘が少ないルートを進んでいるが、半魚人の群れをいくつも殲滅している。

そんな俺たちの前に、ボス部屋の扉が現れた。

「ここまで数百数千の半魚人と戦ってきた。怪我はないが、多少の疲れはあるだろう。休憩してからボス戦だ」

バースのアイテムボックスから椅子やテーブルを出して、その上に菓子や飲み物を出していく。

「疲れた時には甘いものがいいとトーイ様が仰っていましたので、ハチミツ入りのお菓子を用意しました」

アンネリーセが俺の前にクッキーと温かいお茶を置いてくれる。クッキーから甘いよい匂いがする。

「美味い。これは疲れが吹き飛ぶな」

クッキーは柑橘系の味がし、香ばしく甘かった。甘さもしつこいものではなく、爽やかなものだ。

「お茶も美味しいな」

苦味がわずかにあるが、爽やかな香りがする。色合いは赤茶色だけど、紅茶ではないな。

「これは薬草茶です。ヒールリーフを発酵させたものだと、サヤカさんが言ってました」

サヤカ？　……ああ、イツクシマさんか。あまり下の名前で呼ばないから、誰かと思ったよ。

「これをイツクシマさんが作ったのか。凄いな」

「戦闘はできないけど、補助をするものを作ってトーイ様に貢献したいと言っていましたよ」

「そうか。ありがたいことだ」

「それだけですか？」

「ん？　なんだ、何が言いたいんだ？」

アンネリーセがじっと俺を見つめてくる。エメラルド色の瞳は何かを訴えているようだが、その意図が理解できない。

「いえ、なんでもありません」

「気になるな。言いたいことがあるなら言ってくれ」

「トーイ様は鈍感です」

「え？」

アンネリーセがプイッと顔を背けた。

何が鈍感なんだ？

俺、結構敏感だぞ？


八階層のボス部屋の扉が重苦しい音を立てて開いていく。

俺たちが中に入ると扉は自然と閉まり、部屋の中央部に黒い霧が集まってボスが形成されていく。

ボコボコと無数のボス半魚人が現れ、そして最後に通常の半魚人の倍近い大きさの、四メートル級の半魚人が現れた。

今さらだが、半魚人は魚の頭に人間の胴体がついている。結構キモい。

「デカいな」

「さしずめ半魚人の王といったところでしょうか」

「キングということだな」

キングを詳細鑑定で確認すると、半魚人王だった。そのままかと、思わず口に出しそうになった。

「半魚人王は魔法戦士だ。武器は使わないが、魔法と格闘を融合させた戦いをするぞ。それと他のボス半魚人の能力を三十パーセント上昇させている。さらに普通の半魚人を次から次へと召喚するから、半魚人王を倒さないと際限なく普通の半魚人が増えていくぞ」

数がどんどん増えるのは厄介だけど、そこまで悲観することはない。

「俺とガンダルバンが半魚人王を倒す。皆は雑魚を減らしてくれ」

「「「はい！」」」

作戦というほどのものではないが、簡単に指示を出す。

下級茨精霊のローズも召喚し、後衛を守るように指示する。

「アンネリーセ。頼むぞ」

「はい！　サンダーバースト！」

閃光と轟音。無数の稲妻が雑魚を一掃する。

「行くぞ！」

飛び出した俺たちを、半魚人王が憎々しげに睨む。

その半魚人王の前に魔法陣が現れ、高速で回転する水の輪が飛んでくる。

「うぉぉおっ！」

ガンダルバンが盾を構えていなし、回転水ノコギリは天井を削った。

魔法の次は雑魚を召喚だ。半魚人が地面から顔を出して浮き上がるように出てくる。

「おりゃっ」

俺の目の前に顔を出した半魚人を、サッカーボールのように蹴り飛ばす。ボキッと骨が折れる音が聞こえ、召喚途中のまま半魚人は消え去った。

「ふんっ！　アンガーロック！」

ガンダルバンが盾を構えたまま、半魚人王に体当たりして敵対心を上げた。

半魚人王はたたらを踏んで三歩下がったが、すぐにパンチを繰り出してくる。

パンチを盾で受けたガンダルバンの足が地面にめり込む。

ダンジョンの壁や床はそう簡単に壊れないが、このレベルの戦いではそうもいかないようだ。

俺は半魚人王の横に回り込み、その太い足に斬りつけた。

鎧(よろい)は着てない剥(む)き出しの足だが、かなり硬い。さすがはボスということだな。

「だったらこれでどうだ、ヒロイック・スラッシュ！」

ジョブ・英雄剣王のレベルが上がり、スキル熟練度が（中）になったヒロイック・スラッシュは、半魚人王の生命力の上限値を一気に二割まで低下させた。

ヒロイック・スラッシュはレジストされることもあるが、魔法攻撃力が高いとレジストされにくい。ボスのような生命力が高いモンスター相手でも、ステータスポイントを知力に振ったらレジストされにくくなる。

「Ｓｙａａａａａａａａ」

怒った半魚人王の前に、再び魔法陣が現れる。

「させるかっ、シールドアタック！」

対象にノックバック効果を与えるシールドアタックによって、魔法陣が霧散した。

「ナイスだ、ガンダルバン！」

俺も負けてられない！

「貫通！」

防御無視で必ず二五〇ポイントのダメージを与える貫通は、メインジョブにセットしている転生勇者のスキルだ。

「Ｓｙａａａａａａａａ」

ノックバックから復帰した半魚人王が、ガンダルバンにラッシュ。

「鉄壁！」

無数のパンチとキックを、ガンダルバンは盾で防御を固めて亀のように耐える。

スキル・鉄壁の効果でガンダルバンは一分間被ダメージを二十パーセント軽減する。

激しい攻防をしている俺たちの周囲では、ロザリナやリンが中心となって雑魚の数を減らしている。しかし半魚人王がいる限り、雑魚は召喚し続けられる。

雑魚といっても通常の半魚人に比べてかなり強化されている。ボス補正の上に半魚人王が存在することでさらに能力が三十パーセント強化されているから、ロザリナたちでも気を抜いたら大怪我をする相手だ。

ガンダルバンはスキル・アンガーロックをかけつつ、パワーアタックやヴァイオレンスアタックで半魚人王にダメージを与えていく。

俺もスキルを駆使してダメージを与える。そのスキルの中でも、英雄剣王・レベル一〇で覚えたスキル・乱れ斬りは使い勝手がいい。

乱れ斬り（低）は、敵に最大十回の斬撃を与えるだけでなく、全斬撃の物理攻撃力が三倍だからバカみたいにダメージが出るんだ。

「よし、これで終わりだ！」

――スキル・英雄の帰還！

魔剣サルマンを振り下ろすと、灼熱のドームが半魚人王を包み込んだ。

「Syaaaaaaaaa」

ドーム内で半魚人王が悶（もだ）え苦しむ。

これはジョブ・英雄剣王・レベル三〇で覚えたスキル。

まだ熟練度が（微）だが、半径三メートル以内の敵全体を灼熱ドームに閉じ込め、防御無視の総ダメージ一五〇〇ポイントを与えるというぶっ壊れスキルだ。

一五〇〇ポイントのダメージを敵の数で均等割りするが、今回は半魚人王しか攻撃対象にしていないから、一五〇〇ポイントのダメージは全て半魚人王に乗る。

今のスキル・英雄の帰還の消費魔力は一五〇ポイントと多く、転生勇者でも二回しか使えないからボス戦特化のスキルだと言えるだろう。

灼熱のドームが消えると同時に、半魚人王も消え去った。

俺たちが半魚人王を倒すまで、雑魚の邪魔は一切入らなかった。さすがは俺の仲間だと、鼻高々で周囲を見渡す。

「あと五体か」

雑魚の召喚ペースはかなり速かったはずだが、ロザリナたちの活躍でたった五体しか残っていなかった。

「ガンダルバン。最後の仕上げだ」

「はっ！」

俺とガンダルバンが加わり、雑魚を殲滅。


「皆、お疲れ様。怪我はないか？」

「コロンとカロンがかすり傷を負った程度です」

サブジョブに聖赦官をセットし、二人の怪我を癒す。

「「ありがとうございます」」

「怪我をした時は、正直に言うんだぞ。それは恥ずかしいことではないんだからな」

「「はい」」

これで八階層も踏破だ。

八階層で戦った半魚人の総数は軽く三千体を超える。

ドロップアイテムは次の通りだ。

〈半魚人・ノーマル〉

・Dランク魔石：一五万グリル×三千個＝四億五〇〇〇万グリル

〈半魚人・レア〉

・魔剣（片手）：一〇〇万グリル×七十本＝七〇〇〇〇万グリル
・魔剣（両手）：一二〇万グリル×五十本＝六〇〇〇〇万グリル
・魔槍：一〇〇万グリル×五十本＝五〇〇〇〇万グリル
・魔弓：一五〇万グリル×二十本＝三〇〇〇〇万グリル
・魔杖（まじょう）：一二〇万グリル×二十本＝二四〇〇〇万グリル
※魔武器は全て水属性

〈ボス半魚人・ノーマル〉

・Cランク魔石：三〇万グリル×八十個＝二四〇〇万グリル

〈ボス半魚人・レア〉

・魔剣（片手）：二〇〇万グリル×一本＝二〇〇万グリル
・魔槍：二〇〇万グリル×一本＝二〇〇万グリル
※魔武器は全て水属性

〈ボス半魚人王・ノーマル〉
・火属性の魔剣（片手）：四〇〇万グリル×一本＝四〇〇万グリル

〈宝箱〉
・若返薬：ギルドに提出していないが、想定換金額は一〇億グリル
・十万グリル黒金貨が三十枚＝三〇〇万グリル

八階層のモンスターから得たアイテムだけで、七億グリルを超える換金額になった。

宝箱から出た若返薬は、公爵にでも売りつけてやろうと思っている。もちろん高額で。

八階層に入る度に、半魚人を三百体以上狩る。全部Dランク魔石だったとしても、四五〇〇万グリルになる。本当に八階層は儲かる。

でも、数が多いから危険といえば危険だ。そういったリスクとリターンをどう考えるかだな。

あと魔弓が意外と高い。これは魔力で矢を創るから、物理的な矢が少なく済むためだろう。裕福な弓士などはこぞって魔弓を買ってくれるそうで、市場に出るとすぐに売り切れてしまうらしい。

レアドロップ率を上げてくれる『幸運の尻尾』を持っていても、魔弓のドロップ数はかなり少ないから売り切れるのも納得だ。


「さて、帰るか」

換金を終えてギルドを出てもまだ日があった。久しぶりに屋台でも見ていこうかな。

「ガンダルバン。俺は屋台を見ていくから先に帰ってくれ」

「承知しました。では、アンネリーセ殿の他にロザリナとバースをお供に」

そんなに仰々(ぎょうぎょう)しくしなくてもいいんだが、ガンダルバンの立場ではそれを言わないといけないいんだろうな。

それを受け入れて、ガンダルバンたちの背中を見送る。

「三人とも行こうか」

「はい。トーイ様」

「はいなのです」

「承知いたしました」

アンネリーセが右、ロザリナが左、バースが後ろにつく。

王都のメインストリートともなれば人が多く混みあっている。

夕日が人々や町を赤く染める。なかなか趣のある景色だ。雑多な感じはするが、嫌いじゃない。

もっとも愛(いと)しいアンネリーセと歩いていると、どこだって俺にとっては天国だ。


屋台街は夕方でも人が多いな。

串焼きやサンドイッチなどの食べ物を買ってはアイテムボックスに放り込む。

徐々に日が暮れていき、そろそろ帰ろうと思った時だった。十歳くらいの少年が走ってきて俺に当たりそうになったのをひらりと躱(かわ)す。俺とロザリナの間を抜ける形になった少年は「え？」という顔で俺を見た。俺は少年の頭に手を置く。

「俺でよかったな」

「ちっ」

舌打ちした少年は走っていった。

「あの子がどうかしましたか？」

「あいつは巾着切りだよ。アンネリーセ」

「きんちゃっきり……ですか？」

古い言葉だから、理解できなかったか？　それとも前の世界でしか使わない言葉かな？

「スリのことだよ」

「まあ、スリですか」

「スリはダメなのです」

「ご当主様の懐を狙うとは、無謀な少年ですな」

今のメインジョブは英雄剣王・レベル三五。サブジョブは暗殺者・レベル四一。

低レベルの盗賊がスリをしようとしても、気配で懐を狙っていると分かる。

「ジョブが盗賊になっていたよ、あいつ」

貧しい生活をする子供が、人のものに手をつけるのは生きていくうえでしょうがないことだ。

国があのような子供を全員保護できるわけがない。俺もそのことは分かっている。

でもさ、あの前財務大臣やエルバシル伯爵などが懐に入れていた金があれば、あのような子供が罪を犯さなくてもいいはずだ。王女のこれからの手腕に期待しよう……。

「あんな幼い子供が盗賊だなんて……」

アンネリーセは心優しいから、心が痛むんだろうな。

「武士は食わねど高楊枝なのです」

「なんでロザリナがそんな言葉を知ってるんだ？」

「ヤマト様が教えてくれたのです」

あいつか。まあ、変なことじゃないからいいけど。それと、あの子は武士じゃないからな。

「今からでも捕まえましょうか」

「俺に被害はないんだから、そこまでしなくていいさ」

他の人に被害があるかもだが、スリを摘発するのは俺の仕事じゃない。

「しかしご当主様は貴族です。その懐のものを狙うだけで、腕を斬り落とされても文句は言えません」

バースは厳しいな。

「トーイ様。あれを……」

アンネリーセの言葉で、屋台街から少し奥まったところを見る。十歳に満たない三人の子供が固まっていた。身を寄せ合って寒さを凌いでいるようだ。

「あんな子供たちがひもじい思いをしていると思うと、心が痛みます」

俺も心が痛むけど、俺にはどうしようもない……。そう思うんだけど、助けてあげたいと思う心が激しく痛む。

「あの子たちを助けても、全員を助けることはできないよ。それは分かっているね？」

アンネリーセに向かって言っているんだけど、まるで自分に言い聞かせているようだな……。

「はい……」

「でも今俺たちがあの子たちに手を差し伸べれば、あの三人はお腹いっぱい食べることができる」

「では!?」

「ああ、助けられる命があるなら、助けてやろう」

「はい！」

安っぽい正義感かもしれないが、それで心が納得するならそれでいい。

屋台の肉の串焼きやサンドイッチを買い占める。

店じまいの時間だったから、喜々として全部放出してくれた。

「あなたたち、お腹空いてるんでしょ。こっちにおいでなさい」

「な、なんだよ。俺たちは何もしてないぞ」

一番年上だと思われる少年が、二人を庇うように立った。後ろの二人は男の子か女の子か分からないが、とにかく痩せ細っている。

「これをお食べなさい」

アンネリーセが肉の串焼きを差し出した。そこの屋台で買ったものだ。

「た、食べていいのか？」

「ええいいわ。たくさんあるから、食べなさい」

三人は遠慮なく肉の串焼きを手に取って齧りついた。礼を言わないのは感心しないが、それほどお腹が減っているのだろう。

すぐに肉の串焼きは食べ尽くされ、今度はサンドイッチを三つ出した。

「あまり急いで食べると、喉に詰まらせるぞ」

「ゴホッゴホッゴホッ」

「ほら言わんことじゃない」

一番小さい子がむせ込むから、背中を軽く叩いてやる。ずいぶん細い。

「お前たち、もっと食べたいか？」

「もっとくれるのか!?」

肉を食って元気が出たようだな。声に張りがある。

「働いたら、腹いっぱい食わせてやる」

「な、何をするんだ？」

「難しいことではない。お前たちでもできる仕事だ」

前の世界で食い物に困らない生活をしていた俺なんかが偉そうに言うのはあれだが、働かざるもの食うべからずだ。

「お前たちの仲間も連れてこい。仕事を与えてやる」

「本当にいいのか？」

「真面目に取り組むことが条件だ。そしたらたらふく食わしてやるぞ」

「すぐに皆を呼んでくる！」

「私たちはここで待ってるわ。暗くなるから早くね」

「「うん」」

三人は町の奥へと消えていった。

こんなに簡単に見知らぬ人を信じると、痛い目に遭うぞと思ってしまうのは俺の性格が捻くれているからかな。まあ、そんなことをするつもりはないが。

「バース。周囲の屋台から食べ物を買えるだけ買い込んできてくれ」

「はっ」

お金が詰まった革袋を渡して、買い出しに向かわせる。

どれだけの子供が集まってくるか分からないから、できるだけ多く用意しておかないとな。

アイテムボックスを持っているバースなら、大量買いも大丈夫だろう。

「ロザリナは近くの雑貨店で麻袋を買ってきてくれ」

「はいなのです！」

麻袋は子供たちに与える仕事に必要なものだ。


「よくもまあ、こんなに集まったな……」

俺たちの前には三十人くらいの少年少女がいる。

皆、腹を空かせていて、生きるのに必死な顔をしている。

「まずはこれを食え」

アンネリーセ、ロザリナ、バースが皆に食べ物を配る。

「誰も取らないから、ゆっくり食べろ」

そう言っても、食べ物は一瞬で腹の中に収まる。それだけこの子供たちは飢えているのだ。

「俺の名前はトーイだ。今からお前たちに仕事を与えるから、一列に並んで一人ずつ前に出てこい」

先頭の子供は最初に食べ物を与えた三人のうちの一番年上の少年だ。

「痛いことは嫌だからな」

「大丈夫だ。お前の名前は？」

「プース」

「プースか。それじゃ、プースはこの袋一杯にゴミを拾ってこい」

「は？」

「聞こえなかったか？　ゴミを拾ってこいと言ったんだ。明日の朝、ここにそのゴミを持ってきたら、食べ物をやる」

「ゴミ拾いでいいのか。分かった！　絶対食い物をくれよな！」

「約束は守る。しっかりゴミを拾ってこい。いいか、落ちているゴミだからな。ゴミ箱を漁ったりするなよ。道に落ちているゴミだからな」

「うん。道に落ちているゴミだな！」

プースは袋を持って走っていった。

別に王都を綺麗にしようとか思っているわけじゃない。

これは食事を与える口実だ。ゴミを拾うという仕事をすれば、その対価として食事がもらえる。

子供たちは対価をもらい、俺は自分の気が済む。

ゴミは次にダンジョンに入った時に捨ててくればいいから、処分に困らない。あそこは死体だろうがゴミだろうが関係なく飲み込んでくれる。

次は少女だ……多分女の子。正直言って性別の判断が難しい。この子にも袋を渡す。

「名前は？」

「チャミ」

「チャミも道のゴミを拾って持ってくるんだぞ」

「うん」

子供たちに次から次に袋を渡していく。

一人ずつ袋を渡したのは、子供たちを詳細鑑定で見るためだ。

怪我をしていたり、病気だったらサブジョブに設定した聖赦官のスキルで治してやる。

幸いなことに今のところ大きな病気を持っている子はいない。怪我もかすり傷程度だ。皆栄養が足りないという問題は抱えているが、これはスキルではどうにもできない。

「最後の子か。名前は？」

これまで見てきた子供同様に華奢（きゃしゃ）な体つきをした少年だ。

「リリスです」

あれ、女の子？　これは失礼。

少女のリリスを詳細鑑定で見る。

「…………」

は？　なんだよ、この子。

容姿は九歳くらいだけど、実年齢は十二歳。発育が悪い。いや、そこはどうでもいいんだ、そこは……。

「あ、あの……私もゴミ拾いしたいです」

俺が鑑定結果に驚いていると、リリスが目に涙を溜めていた。

「うん。リリスも道に落ちているゴミを拾って、明日の朝にここへ来てくれ」

「はい。ありがとうございます」

リリスが袋を持って駆けていく。

女の子のような容姿の俺が言うのもあれだが、どう見ても少年だ。

「今のリリスという子がどうかしましたか？」

さすがはアンネリーセだ。俺が詳細鑑定をしていたことに気づいているよ。

周囲に俺たち以外誰もいないことを確認して、アンネリーセの質問に答える。

「あの子、転職できるジョブを持っているな」

「幼い時から家の手伝いをしていると、幼くても農民や商人などのジョブに転職できますから不思議ではないですが、トーイ様が驚いていたということは何か珍しいジョブなのですか？」

「やっぱりアンネリーセは凄いな。正解だよ」

しかも下手な奴に知られたらマズいジョブだ。

「保護しますか？」

「うーん……リリス次第かな。俺たちが保護してやろうと思っても、本人が迷惑に思うかもしれないからね」

「でも放置はしないのでしょう？」

「そうだね。できる限りのことはしてやりたいかな」

とりあえず明日の朝だな。

屋敷に帰ると、早速子供たちのことをガンダルバンたちに話した。

「ご当主様がしたいようにすればよいかと。幸いなことに資金は豊富ですし」

ガンダルバンは不満そうな表情で好きにしろと言う。

ツンデレかよ！　クマ大男のツンデレは需要ないからな！

などと心の中でツッコミを入れておこう。

「明日の朝は、皆で出張る。そこで二手に分かれて活動だ」

「子供たちに食事を与えるだけではないのですね。子供たちのこと以外に何をすればいいのですか？」

ガンダルバンがグイグイくる。子供好きなんだろ？　そんな厳つい顔をしてても、俺には分かるぞ。

「俺は王都に拠点を作ろうと思っている。ジョジョクはコロンとカロンを連れて、ゴルテオ商会で物件を探してくれ。一億グリル以内で購入できる物件で、庭が広いほうがいいな」

ゴルテオ商会のシャルニーニさんから挨拶を受けてから、店に行ってないんだよね。だからここらでパーッとお金を使っておこうと思う。

「承知しました」

八階層で七億グリルも稼いだから、一億グリルくらい使っても資金ショートはしない。男爵の俸給が年間一二〇〇万グリルだから、貴族なんかしているよりも全然儲かっている。

「公爵屋敷を引き払うのですか？」

「すぐではないけど、公爵屋敷では好き勝手できないだろ」

「どんなことをするか知りませんが、ほどほどにお願いします」

「何を言うか、俺は控えめな人間だぞ」

「「「………」」」

なんで皆でそんな目をするんだよ!?

「あー、僕はジョジョクさんについていくよ。これでも僕は建築家を目指していたからね」

「ヤマトは建築家志望だったのか。知らなかったな」

「自慢じゃないけど、友達はいなかったから誰にも言ってないよ」

本当に自慢にならないぞ。まあ、俺も同じようなものだけどな。

「私はトーイ君についていくね。子供たちを放っておけないから」

「いいけど、子供たちなら誰でも彼でも救えるわけじゃないからね。イックシマさんの思い通りにならないことのほうが多いと思うから、それは覚悟しておいてね」

「うん」

あのような子供たちは、この王都だけでもかなり多くいるはずだ。それを全て救うなんてこと、俺にはできない。個人にできることなんて、たかが知れている。


朝、俺たちは町に繰り出した。

屋台街はすでに賑(にぎ)わっていて、バースにはまた買い出しを頼んだ。

一本奥まった裏路地に入った俺たちは目を疑う。

「これはまた多いな……」

昨日の倍の六十人はいそうだ。しかも袋を持ってない子は、自分が汚れるのも構わずにゴミを抱きかかえている。元々汚れているけどさ……。

「袋を持っている子は、アンネリーセとイックシマさんに任せた。俺はそれ以外の子を担当する。ロザリナは俺が見終わった子に食べ物をやってくれ。ガンダルバンたちは子供たちを並ばせてくれ」

皆が任せろと言って仕事を始める。子供たちもその指示に従って、喧嘩せずに並んでくれる。

リリスについてはアンネリーセに待たせておくように頼んだ。

大きな木の箱を出して、そこにゴミを入れてもらう。俺が四、五人入れるくらいの木箱だ。これならアイテムボックスの枠を圧迫せずに収納できる。


子供の名前を聞き、詳細鑑定をし、食べ物を与えていく。

「ふー、やっと終わったな」

そこまで重労働ではないが、詳細鑑定の結果を確認するのに少し時間がかかる。

「やあ、リリス。食べ物はもらったかい？」

「はい。美味しかったです」

「それはよかった」

リリスの他にもう一人待ってもらっている。

「君はソドンだったな」

「そうだよ」

ソドンはウォンバットの獣人で、こちらも小柄な十二歳の少年だ。汚れた丸顔は愛嬌(あいきょう)がある。まさかウォンバットがこっちの世界でもいるとは思わなかったよ。そんなソドンも転職可能なジョブがある。

ソドンも十二歳だが、リリスと同じように九歳くらいにしか見えない。それだけ栄養が不足して、体の発育が悪いのだろう。

え、俺も小さいって？　聞こえませーん。この体はあの神が勝手に用意したものだからノーカンということで。

「お腹は膨れたか？」

「お、オラ……まだ足りないだよ」

「そうか。足りないか」

二人の前に肉の串焼きを差し出す。二人の手が伸びてきたが、俺は肉の串焼きを引っ込める。意地の悪いことをしていると思うが、これも演出のうちだ。

「「あ……」」

二人は悲しそうに肉の串焼きと俺を見てくる。

「俺の家臣になれば、飢えることはないぞ」

飢えている子に食べ物を見せて家臣になれとか、自分でもクズなことをしていると思う。

「俺は貴族だ。家臣になれば飢えさせないし、給金も出るぞ」

二人はどうしようかと顔を見合わせて迷った。

「ご主人様はとても優しいのです。大丈夫なのです」

ロザリナがとても優しげな笑みを浮かべる。

「そうですよ。私たちのトーイ様は、二人が嫌がることをさせないでしょう。安心してお仕えしなさい」

アンネリーセの慈愛がこもった瞳で見つめられ囁かれたら、どんなことでも「うん」と言いそうになる。

「家臣ってなんだな？」

ソドンは家臣という言葉が分からないか。

「家臣というのはな、簡単に言うと俺の下で働くということだ」

「オラを雇ってくれるだか？」

「そういうことだ」

「何をするだか？　草むしりだか？　ゴミ拾いだか？」

「まずは勉強だ。俺の家臣になるのだから、文字の読み書きや簡単な計算ができないとな。あと、風呂に入って身綺麗にしろ。服も綺麗に洗濯されたものを着るんだ」

「綺麗な服が着られるだか？」

「そうだ。真面目に働いてくれたら、綺麗な服を着て、美味しい料理を食べて、暖かいベッドに寝られるぞ」

「ベッド……オラ、ベッドで寝られるだか？　寒くないだか？」

「ああ、ふかふかのベッドで、暖かいぞ」

「オラ家臣になるだ」

「よし、ソドンは今から俺の家臣だ。そこにいる大きなオジサンの言うことを聞いて、真面目に働くんだぞ」

ソドンは男の子だからガンダルバンにしばらく任せよう。

ソドンに肉の串焼きを渡して、リリスに向き直る。

「リリスはどうする？」

「私は……お母さんがいるから……」

リリスに母親がいることは、詳細鑑定が教えてくれた。

「大丈夫だ。お母さんも一緒でいいぞ」

「え？　本当にお母さんも一緒でいいのですか？」

「ソドンと同じようにリリスが俺の家臣になるのなら、お母さんの面倒は俺が見てやろう。病気なんだろ？　治るか保証できないが、治療してやろう」

「っ!?　な、なぜお母さんが病気だと……？」

「俺には色々なことが見える目があるんだ。だからリリスのお母さんが病気なのは知っているぞ」

そんなことを聞いたら普通は怖いと思うだろう。リリスはどんな反応をするか。

「本当にお母さんの治療をしてくれますか？」

俺の目に関しては、何も聞かないんだな。

「治療を行うと約束する。でも治るかはさすがに保証できないぞ」

「それでいいです。私はトーイ様の家臣になりますので、お母さんの治療をお願いします」

よし、リリスも仮契約成立だ。

「よし、リリスのお母さんのところに行くぞ！」

「はい！」

全員でリリスの母親のところへ向かった。


スラム街の中に入るが、誰も絡んでこない。ガンダルバンやリンのような武装した護衛がいるからだろう。特にガンダルバンの外見は、他者を威圧するのに丁度いい。

お世辞にも立派な家とは言えない、窓さえない掘っ立て小屋がリリスの家だった。

ボロ布で入り口を仕切っているだけの小屋に入る。中は暗いかと思ったが、板の隙間から光が差し込んでいるから、そこそこ明るい。

ベッドなどない板の上に直にリリスの母親は寝ていて、ボロ布を被っていた。

「あなたたちは……」

力のない声だ。

「お母さん。私、こちらのトーイ様のところで働くことになったの。それでトーイ様がお母さんの治療をしてくださるの」

「リリス、あなた……」

体を売ったわけじゃないからね。そんな悲壮感のある声を出さないでくれるかな。

「ちょっと失礼」

詳細鑑定君、お仕事ですよ！

……よし、これなら大丈夫だ。大丈夫じゃないけど、症状を軽減するくらいはできる。

――癒し。

ほんのり母親の体が光る。

――詳細鑑定。

完治はしてないが、症状は軽減した。

俺のスキル・癒しの熟練度は（微）だから、大きな効果はない。

母親の症状は栄養失調と風邪、あと喘息と肺炎。かなり悪い。

栄養失調は栄養のある食事を摂り治療を継続して行えば問題ないし、風邪は今の癒しで治った。

残るは喘息と肺炎だが、今回の癒しは症状を軽くしただけで、全快させるのは無理だ。肺炎は治療を続ければ治ると思われるが、問題は喘息だ。喘息は俺では治せない。

スキル・癒しの熟練度が上がれば喘息も完治させられると思うが、そこまで熟練度を上げる予定はない。ジョブ・聖赦官は、誰かを転職させるために使う程度でいいのだ。

「体が……楽になりました」

「トーイ様。お母さんは？」

「俺のスキルでは症状の軽減しかできないが、全快させることは可能だ」

「本当ですか!?　ありがとうございます！」

リリスは目に涙を浮かべ、何度も頭を下げてくる。

まだ全快したわけじゃないからな。

「ここではろくに治療もできない。屋敷に連れて帰るぞ」

「私などを……」

母親は断ろうとするが、ガンダルバンに馬車へ乗せるように指示する。

「リリス。持っていくものがあったら、回収しておけよ。もうここには二度と戻ってこないからな」

「私たちは何も持ってないですから、大丈夫です」

「……そうか」

リリスは母親の横に座って、体を支えた。

さあ、出発だ。と思ったら、三人の男たちが現れた。

「ローラとリリスをどこに連れていくんだ？」

ローラというのは、母親の名前だ。

「お前たちには関係ない。下がれ」

ガンダルバンが威圧を放つ。

「くっ……」

男たちは後ずさるが、ガンダルバンに食い下がる。

「ローラに金を貸しているんだ。勝手なことをされると困るんですよ、旦那」

借金取りか。俺はガンダルバンを後ろに下げ、三人の前に出ていく。

「借金はいくらだ？」

「一〇〇万グリルですよ、お嬢ちゃん」

誰がお嬢ちゃんだ、誰が。ぶっ飛ばすぞ、この野郎。

「そんなに借金してないです。お母さんが借りたのは一万グリルです」

リリスが悲痛な声を出す。

「と言っているが？」

「借金には利子というものがつくのが当然ですぜ、お嬢ちゃん」

またお嬢ちゃんと言ったな、この野郎。

「しかし一万グリルが一〇〇万グリルとは、ずいぶんな高利じゃないか」

利子がつくのは理解するが、あまりにも高利だ。

「へへへ。そう言われても商売なんでね」

威圧を放つ。

「「「ぐへっ……」」」

三人が地面に座り込んだ。

「あまり調子に乗ると、痛い目を見るぞ」

そう言って男の首をトントンと叩くと、三人が青ざめる。

怖がらせるのはこのくらいでいいだろう。

サブジョブを拠点豪商に変更。

「その借金は俺が払ってやろう」

「へ、へい。ありがとうございます。九〇万グリルになります」

スキル・値引（微）の効果で一割引きになった。

屋台などでスキル・値引を使うのはさすがに気が引けるが、こういう悪どい奴らなら全然心が痛

まない。さすがに一万グリルが一〇〇万グリルってあり得ないだろ。

借金取りに十万黒金貨を九枚渡す。

「へへへ。ありがとうございます。またのご利用を」

「おい、借用書を渡せ」

「こちらです」

受け取った借用書をビリビリ破る。

「よし、帰るぞ」

馬車に乗り込んだ。

「はっ。出発だ！」

ガンダルバンのかけ声で、馬車が動く。


ローラを部屋のベッドに寝かせ、俺の下にやってきた二人の少年少女と共にリビングへ。

「さて、二人共。まずはこの魔法契約書にサインしてもらおう。字が書けなければ、手形でもいい」

魔法契約書に書かれている内容は、他の人たちと同じで俺の情報を漏らさないというもの。その説明を聞いたリリスはサインし、ソドンは手形でサインに代えた。

「では改めて、ようこそフットシックル男爵家へ。俺たちは二人を歓迎する」

「ありがとうございます。男爵様」

「ありがとうだよ」

「そういうわけで、まずは風呂だ。アンネリーセはリリスを風呂に入れてやってくれ。その後はソドンだが、そっちはバースに任せる」

二人が風呂に入るのを待っている間に、歓迎パーティーの仕度だ！

ローズ産の果物各種！

迷宮牛肉の焼き肉！

あとカレー！


この王都は海から遠いらしく、魚が手に入らない。池イカもないんだよね〜。

川は近くにあって魚はいるけど、かなり臭みがあるらしく魚を獲(と)って食べることはないらしい。

今度、川で釣りしようかな。いや、海を目指してもいいかも。漁港に拠点を作って、王都で売れば大儲けじゃない？

しかしアイテムボックス持ちがいるのに、なんで魚が流通しないかな。商人たち、がんばってくれよ。


カレーはすでにスパイスを配合したものがあるから、結構簡単にできる。

焼き肉はやっぱり炭火焼きだけど、公爵邸だから魔導コンロで焼いた。

ローズ産の果物は、とにかく美味い！　季節を選ばす美味い！　どこでも美味いのだ！

「美味しいです！」

カレーを口に入れたリリスが目を剥いて、美味しいと叫んだ。

「あ、ごめんなさい……」

「いいのよ。たくさん食べなさいね」

アンネリーセが優しく微笑む。

「お肉だよ！　美味しいだよ！」

焼き肉をハフハフして食べるソドンも美味しいと言ってくれる。

そのタレはローズ産果物を使っていることもあり、いい感じに仕上がっているんだよね。

大人数で食べるご飯は特に美味い。こういう和気藹藹とした雰囲気が心地よい。

「トーイ君のカレーライスは、どれだけ食べても飽きないわ。本当に美味しいね」

「食材さえあれば、色々なものを作るんだけどね。これでも料理は得意分野だから」

「私も料理はするけど、さすがにカレーをスパイスからは作れないわ」

イツクシマさんも料理を手伝ってくれたけど、彼女は本当に手慣れていた。

それに比べヤマトは……。

「僕は食べる専門なんで～」

ヤマトはキッチンに立たない。立っても邪魔になるだけだから、立たないと以前言っていた。

今はいいが、俺所有の屋敷に住むようになったら、ちゃんと下宿の代金はもらうからな。

「今度ラーメンを作ってよ。僕ラーメン大好きなんだ」

勝手なことを言うな。でもラーメンか。俺も食いたいな。

「ラーメンならなんとかなりそうだから、今度チャレンジしてみるわね」

「イツクシマさんはヤマトに甘い。調子に乗るから、聞き流せばいいんだよ」

「でも私もラーメン食べたいから」

「やったね！」

ヤマトからは絶対に金をとるからな。

「あ、そうそう。屋敷の件だけどさ、色々見たよ。それで候補を三つに絞ったんだ」

「どんな屋敷だ？」

「一番お勧めは、貴族街と平民街の丁度境にある元子爵家の屋敷なんだ。内見したけど、傷みも少ないし風呂もあったよ。あと建物も庭も広かったよね、ジョジョクさん」

「敷地も広く、建物の大きさも申し分ないかと」

そうか、早く決まりそうでよかったが、一応前の持ち主について聞いておくか。

「その子爵家はどうして屋敷を手放したんだ？」

「よくある話だよ。権力争いの果てに家が潰されたんだ。十年くらい前らしいよ」

「それ、もしかして……バーランド子爵家か？」

「あれ、なんで知ってるの？」

また嫌な物件を引き当てたな……。

リリスを見ると、彼女も微妙な顔をしている。

そのバーランド子爵は寝込んでいるローラの夫だった人物だ。つまりリリスの父親だな。バーランド子爵が爵位を剝奪された後は、財産を食い潰しながら生活していたらしいが、そんなことが長く続くわけもなく次第に生活費に困るようになった。生活費に困った元子爵は二人の前から姿を消し、今はどこにいるか分からない。

ローラは元々騎士の娘だったからそこまで派手な暮らしはしていなかった。没落後も家計を支えるために必死で働いたが、半年ほど前に倒れてしまったのだ。

「あー……他の候補はどういう感じなんだ？」

三軒に絞ったんだろ？

「三カ所とも内見したけど、バーランド子爵邸だった屋敷が一番だと判断したんだけど……。トーイ君の屋敷だし、嫌ならしょうがないね。二番目だと平民街の屋敷かな。ここは敷地がとても広いんだ。広さだけなら伯爵級だね。ただし建物はそこまで大きくないんだ。まあ、今のフットシックル男爵家の人数なら、全然入るけどさ」

「伯爵級の広さというのが、想像できないんだが？」

「えーっとね。王都の貴族街の屋敷は、爵位によって広さがある程度決まっているんだ。でもそこは平民街だから、そういうの無視していいよ」

そんな決まりがあるのか、知らなかったよ。

正直言って元バーランド子爵邸は気乗りしない。二番目にしておこうかな。

「ご当主様。屋敷を購入するのはいいのですが、我らはダンジョンにも入りますし警備をするには人員不足です」

ガンダルバンの言うことは、理解できる。

人を雇うのに、俺はそこまで否定的ではないぞ。ただし色々秘密があるから、それを見ても他言できないように魔法契約書は交わしてもらうけどね。

「何人補充するべきかな？　多めでいいよ。王都だけじゃなくケルニッフィの屋敷も警備を考えないといけないし。あと、予備の人員も含めてほしいかな」

ケルニッフィの屋敷は公爵家の兵士が小まめに巡回してくれることになっているが、王都の屋敷はそうはいかない。

「ケルニッフィの屋敷は十人、王都のほうは伯爵級の物件の広さですと、最低でも十五人、できれば二十人以上は欲しいです。それに予備兵を入れますと、四十から五十人は必要になるかと」

結構な数だな……。

そもそも男爵の俸給でそれだけの兵士に給料を出せないだろ。俺の場合は探索者をしているから余裕だけど。

しかし、どうするかな。探索者によい条件を提示するのは可能だけど、それだと他の貴族との値上げ競争になりかねないしな〜。

「そんなに探索者から引き抜いたら、ギルドに怒られそうだな」

「何も探索者でなくとも奴隷を購入されればよろしいかと」

う〜ん、奴隷か。相変わらず奴隷という言葉は好きになれない。

「トーイ様が奴隷を購入されなくても、ガンダルバンさんやバースさんたちが、奴隷を購入すればよろしいのではないですか。皆さんは数人の奴隷を購入しても問題ないくらい稼いでますから」

アンネリーセの提案は結局俺が奴隷を買ったようなものじゃないか。直接か間接の違いなだけだよ。

「それがよろしいでしょう。某（それがし）は十人、バース、ジョジョグ、リン、ソリディア、ロザリナがそれぞれ五人。これだけ奴隷を購入すれば、警備に最低限必要な人員は確保できます」

ガンダルバンが乗り気だ。

俺だって奴隷制度が貧民の救済処置になっていることくらい理解している。だから悪と断じることはしない。

「ロザリナはご主人様に買われて幸せなのです。他の子たちも幸せにしてあげてほしいのです」

ロザリナが幸せなら、俺はとても嬉しい。俺が奴隷を購入したら、奴隷が幸せになるか……。

「分かった。奴隷を購入するよ」

「はい。ありがとうなのです！」

「ただし犯罪者の奴隷は購入しない。ジョブが村人でも、やる気があればそれでいい。あと俺の下で働きたいという子を雇おう。奴隷も子供も剣士や槍士、弓士などに育てる手間はかかるが、むしろこちらの意図したジョブに就いてもらおうじゃないか」

「警備だけではなく、屋敷の管理をする人や料理人なども必要ですよ」

む、アンネリーセの言う通りだな。結構な人数になりそうだ。

「それらも含めて、ゴルテオ商会にオファーしよう」

「それでよろしいかと存じます」

ガンダルバンが満足して頷(うなず)いた。

「それとガンダルバンは探索者に声をかけてくれ」

「承知しました」

探索者はゼロの可能性だってある。来てくれる人がいれば儲けもの程度に考えておこう。

「バースは子供の中で俺のところで働いてもいいという子を集めてくれ」

「はっ」

「あと、俺の本拠地はケルニッフィだ。王都ダンジョンの十階層のモンスターを千体狩ったらケルニッフィに戻る。王都の屋敷の管理をする人員と少しの護衛は残すが、多くはケルニッフィに行ってもらうことになるからそれでもいいという人だけを雇うことにする」

人員補充の方向性が決まった。次はリリスとソドンの話だな。

「さて、リリスとソドン」

「はい」

「はいだよ」

「二人にはすでに転職できるジョブがある」

「「え?」」

二人とも十二歳だし、転職できるジョブがあっても不思議ではないはずだ。知らんけど。

「二人の転職可能なジョブを教える。転職したければ、言ってくれ」

「本当に私にジョブが……?」

「オラ、転職のお金ないだよ」

「お金は要らない。転職もすぐにできる。そこら辺は気にせず、転職したいかどうかだけ言ってくれればいい」

神官はレベルを上げないとスキル・転職を覚えないが、聖赦官はレベル一の時点でスキル・転職を持っている。だから二人の転職可能ジョブに、今すぐ転職させることができる。

「リリスの転職可能ジョブは聖女だ」

「え!?　聖女ですか……？」

「リリスの生き様が清廉潔白、慈愛に満ちたものだからだろう」

俺にはとても無理な生き様だ。

彼女のような没落貴族を雇ってくれるところはなく、日雇いの仕事をして糊口をしのいできた。

しかも自分が貧乏しているのに食べ物を他の子供たちに分け与えたり、母ローラの看病を献身的にしたりと彼女は身を削るような人生を送ってきた。そういった彼女の優しい心が、聖女に転職できる条件を満たしたということなのだろう。

「ジョブ・聖女の取得条件はちょっとやそっとのことではない。リリスはそれほどのことをしてきたんだ。誇っていいぞ」

ここで勘違いして増長するリリスではないと思うが、そこは俺たちが目を光らせるとしよう。といっても、俺はそんなに立派な人間じゃないけどな。

「それに俺の治療ではローラを完治させることはできないが、ジョブ・聖女のレベルを上げればローラの病を完治させることもできるだろう」

俺は聖赦官のレベルを積極的に上げようとは思わないから、リリスが聖女になってローラの病気を治してくれたほうが助かるわけよ。

「私は転職したいです！」

「そうか！」

さっそく転職だ！

これで神官系最上位職が仲間に加わったぞ！

「次はソドンだな。ソドンの転職可能ジョブは、隠者だ」

「いんじゃ？」

「簡単に説明すると、隠れることが得意なジョブだな」

「オラ、かくれんぼは得意だよ」

「転職して隠者になれば、もっと得意になるぞ」

「オラ、転職するだよ」

ソドンも転職っと。ほほいのほい。

七章

フットシックル家陣営強化

王都に屋敷を購入した。ヤマトが選んだ二番目の物件だ。

さすがに元バーランド子爵邸を購入するのは止めた。貴族街にあるから、爵位によって敷地面積に制限がある。男爵の俺では子爵屋敷の敷地全部を使えないのだ。元バーランド子爵邸ということだけでも買う気ないけど、そんな条件があるような物件なんて買うわけない。

ちなみにヤマトの三番目の推し屋敷は、貴族街にあって敷地は貴族街の中でも最狭物件らしい。貴族街に屋敷を構えてステータスシンボルにしようとは思わないから、二番目の平民街の屋敷にした。やっぱ気楽なのが一番だよね。

子供たちのゴミ拾いは続けている。責任者をリリスにして、バースとコロンとカロンが手伝っている。このボランティア行為はジョブ・聖女に経験値を与えてくれる。しかも結構な経験値だ。

このままボランティアを続ければ、リリスはいずれローラを完治させられるだけのレベルになるだろう。

さて、屋敷も購入したし、次は人員だ。

バースには見込みのある子供がいたら、連れてくるように言ってある。もちろん俺が詳細鑑定で確認してから、本採用にすることになる。

同時にガンダルバンには探索者に声をかけてもらっている。こちらも採用するかは俺が最終判断をする。


俺はゴルテオ商会の王都本店に入った。

「ようこそおいでくださいました。フットシックル男爵様」

ゴルテオさんの息子で商会長のシャルニーニさんが出迎えてくれた。

今回は事前に奴隷を購入すると連絡を入れているから、待ち構えていたようだ。

「どうもお世話になります」

「何を仰いますか、お世話になっているのは私どものほうです。フットシックル男爵様が考えられました、女性用下着は王都でも大人気です。本当にありがとうございます」

もう王都で下着を売り出しているのか。ケルニッフィでも下着はかなり流行っているらしい。女性の魅力を引き立ててくれる下着だから、少子化対策にもなるかもね。少子化対策が必要かは知らないけどさ。

ケルニッフィで作ってもらったアンネリーセの下着は、王都に運んでもらった。おかげで毎日目の保養をさせてもらっている。

新しいデザインをイツクシマさんに頼もうかな。俺じゃあ女性下着の引き出しは多くないからね。アンネリーセが新しい下着をつけているのを想像するだけで、楽しくなってくるよ。アンネリーセ限定だけど、想像力だけは自信がある。

「儲かっているようでよかったです。それじゃ、奴隷を見せてもらえますか」

「はい。今回は支配奴隷と任意奴隷を全て見られるとおうかがいしておりますが、それでよろしいでしょうか？」

支配奴隷は俗に犯罪奴隷と言われるものだ。俺は支配奴隷を買う気はなかったけど、考えたらアンネリーセのようなケースもあるかもしれないと思い至った。冤罪や事故を起こした支配奴隷の中に、俺の下で働いてもいいという人がいれば受け入れるつもりでいる。

「本来貴族の方々には個室で奴隷を見ていただくのですが、今回は数が多いことから男爵様に直接奴隷たちを見ていただこうかと思っております。いかがでしょうか？」

「それで構わないですよ。奴隷は全部で何人いますかね？」

「支配奴隷が十三名、任意奴隷が六十二名の合計で七十五名になります」

王都ともなると奴隷の数も多いのか、それともゴルテオ商会が特別多いのか。

地下へ赴き、長い通路の左右に檻のあるエリアに入った。六畳くらいの部屋に、四人から六人の奴隷が入っている。

「ここは任意奴隷のエリアになります。個人での販売、家族での販売と販売人数も異なります」

「家族が一括で販売されるのですか？」

「そういう場合もございます。仮の話ですが、両親が身売りすることになりましたら、残された子供が生きていけなくなります。そういった場合は、家族全員を一括で購入という条件をつけることが可能です」

その場合、両親は奴隷だが子供は奴隷ではないらしい。

「子供も奴隷にできますが、あまり幼い子を奴隷として売り買いする店は、程度が知れていると思っていただいて結構です」

奴隷は本来労働力として期待されているものだから、幼い子供を奴隷にするのは意味がない。だから良心的な店は幼い子供をあまり扱わないらしい。

「子供の場合、十歳くらいになっていたらそれこそ奉公に出すような感覚で奴隷商に売る親もおります」

嫌な話だ。こういった話を聞くと、倫理面では前の世界のほうが発達しているのかと思ってしまう。

他にも奴隷を購入する際の注意事項を聞く。ケルニッフィのゴルテオ商会でも聞いたことだから、簡単に説明してもらった。


さて、しっかり詳細鑑定で見させてもらいますか。

ざーっと見ていき、名前だけ聞いていく。

「俺が欲しいのは兵士と屋敷の管理をする人。基本的には兵士が三十人以上、屋敷の管理をする人が五人程度です」

「はい。うかがっております」

「今から俺が言う名前の人は、購入対象外です。メモしてもらえますか」

「はい。大丈夫です。仰ってください」

任意奴隷の中でも怠け者とか性格が悪い人は除外する。そういった八人の名前を挙げる。

「その八人以外で兵士か屋敷の管理をしてもいいという人を募ってください。兵士はモンスターや人間と戦います。その覚悟がある人が欲しいですね。屋敷の管理のほうは掃除や洗濯、料理、馬車の御者や馬の世話、庭の管理などをしてもらう、いわゆる使用人です」

細かい条件は事前に伝えてある。勤務地がこの王都だけではなくケルニッフィでも構わないなど、そういった奴隷の意思を確認してから最終的に数が出てくる。

「承知いたしました。意思を確認させますので、その間に支配奴隷のほうを見ていただければと思います」

シャルニーニさんの後について、別のエリアに入る。

こっちは先ほどの任意奴隷エリアに比べると、やや雰囲気が悪い。殺気のようなものを感じる。

支配奴隷らは重労働を科せられるだけでなく、危険な戦場にも本人の意思など関係なしに投入される。戦争の場合、著しい戦功を立てると支配奴隷から解放されることもあるが、その分かなり危険な場所だ。

「支配奴隷は十三名になります」

十三人の支配奴隷を詳細鑑定で見ていくと、一人だけ冤罪の人がいた。上司たちが口裏を合わせて事故を起こした犯人に仕立て上げられたのだ。

犯罪ではなく事故の場合は、こういう替え玉が利く。犯罪だとレコードカードに反映されることが多く冤罪になりにくいが、事故はそうじゃないからだ。もっとも貴族が権力を使って冤罪をでっちあげることもあるけどね。

「このエンリケを。それ以外は要りません」

「承知しました。では、控室に案内いたします。そちらでしばらくお待ちください」

しばらく待って、シャルニーニさんが控室に入ってきた。

「お待たせいたしました。まず任意奴隷のほうですが、兵士になりたいという者が三十八名、使用人になりたいという者が十六名おりました」

それって……俺が除外した八人以外の全員かよ。

「なお、二家族が一括購入希望になります。内訳は二家族とも使用人を希望しました。また子供が二人と一人おります」

家族購入は問題ない。子供たちの面倒を見るのはもちろんＯＫだ。俺、子供は嫌いじゃないからね。

「支配奴隷のエンリケにつきましては、本人は買われても構わないと申しておりますが、少し自暴自棄になっている感があります」

そりゃ冤罪で犯罪者にされてしまったんだから、自暴自棄になるのもしょうがないだろう。

「エンリケを含めて全員購入します。いくらになりますか？」

「これはありがとうございます。任意奴隷が五十四名、支配奴隷が一名。合計で七〇〇〇万グリルになります」

シャルニーニさんは資料を見ることなく、金額を言い切った。俺が全員購入すると分かっていたようだ。さすがはゴルテオさんの息子さんだな。

「任意奴隷の年季はそれぞれ違います。短い者で五年、長い者で十六年になります。また支配奴隷のエンリケは八年の刑期になります。細かい資料はこちらになります」

五十五人分の資料がテーブルの上に置かれる。一枚一枚が厚い皮紙が五十五枚もあると、かなりぶ厚く見える。

公爵や王女のデスクの書類の量に比べると、断然マシだけどさ。

基本的に危険な仕事をする兵士のほうが、高額になって年季が短い。

ダンジョンの五階層より深いところを探索すれば、自分を買い戻せるだけの金がすぐに手に入るから死なないように適度にがんばってほしいものだ。

さすがに五十五人もの奴隷契約は、時間がかかった。それと俺のことを他言しないという契約を入れてもらった。

あと、購入した家には全員入らないから、近くの宿屋をしばらく貸し切りにする。

その間に使用人と兵士用の家を敷地内に建ててもらう。数カ月かかるけど、仕方ないだろう。

「兵士になった者には、これから訓練を受けてもらう」

兵士用に武器と防具を大量に購入。その他に服や雑貨なども全てゴルテオ商会で揃(そろ)えた。なんでもある大商会は便利だけど、その分散財してしまう。

だけど俺にもメリットはある。今回大勢の奴隷を購入したことで、ジョブ・奴隷商人が取得できた。

ジョブ・奴隷商人の取得条件は二つあって、一つは合計で五百人の奴隷を売り買いすること。二つ目は一度に三十人以上の奴隷を売り買いすること。

俺は二つ目の条件をクリアしたことで、ジョブ・奴隷商人を取得できた。これで奴隷の解放を誰かに頼ることなくできるようになったことになる。

ちなみに五人以上の違法奴隷を扱うと盗賊落ちするから、奴隷商人たちはかなり気を使っているらしい。

違法奴隷というのは騙されたり攫われたりして無理やり奴隷にされた人たちのことだ。それを知らずに取引した場合は、対象外で盗賊にならない。

あとジョブ・奴隷商人の文字が赤点滅しているから、他のジョブと合成できるのが分かる。確認してみたら、ジョブ・拠点豪商と合成できるのが分かった。

合成後のジョブが分からない以上、ジョブ・拠点豪商を合成で使うのはもったいない。転移できるだけでジョブ・拠点豪商は十分に凄い。下手に合成して転移できなくなったら、目も当てられないからね。

兵士希望の三十八人の奴隷の中に、剣士が七人、槍士が六人いた。それらは元探索者たちで、資金管理ができずに借金を増やした人たちだな。この世界では簡単な計算さえできない人が多い。貴族ならそういった教育を受けているが、平民でちゃんと教育を受けた人は少ないからなんだとか。

この十三人はそのままレベルを上げてもらうが、それ以前に最低限の読み書きと計算ができるように教育だな。俺のところの奴隷でいる間に、それらの教養を身につけてもらうつもりだ。

他の二十五人は弓士系五人、騎士五人、探索者五人、運搬人五人、神官系四人、モンスターテイマー一人、に分けてジョブを取得させることにした。

ジョブ・弓士は的に矢を千本命中させることで転職可能になる。

さらに、弓矢でモンスターを三十体連続で一撃必殺することで上位のジョブ・弓王が取得できる。

いい装備を与えて、全員にジョブ・弓王を取得してもらおうと思っている。

ジョブ・騎士は盾で攻撃を千回受けるのが取得条件だ。上位ジョブはジョブが騎士でないと転職条件がクリアできないことから、まずはジョブ・騎士の取得を目指す。

ジョブ・探索者の取得条件はダンジョン十層のボスを討伐するか、ダンジョン探索初日に単独でモンスターを二十体倒すことだ。

装備さえ揃っていれば後者のほうが簡単にクリアできるから、それを目指す。

ジョブ・運搬人の取得条件は商売として荷物の運搬を百回行うことだが、十個以内のアイテムを運搬してその売却金額が合計で一〇〇万グリル以上でも取得できる。

兵士枠でも非戦闘系ジョブの運搬人を取得してもらうのは、ダンジョン探索にアイテムボックスが必須だと俺が考えているからだ。

本当はジョブ・冒険者に転職できればと思っているのだが、ジョブ・冒険者の取得条件は勘に頼るものだから、確実に取得できるというものではないんだよね。

ジョブ・神官は五百日間祈り続けることか、モンスターを素手で百体倒すことか、ジョブ・村人で自分よりもレベルの高いモンスターを十体倒すことで取得できる。

実をいうと、ロザリナはモンスターを素手で百体以上倒しているから、神官に転職できる。といってもロザリナが神官に転職することはないだろう。

回復役がいるだけでパーティーはかなり安定するはずだから、彼らには気合を入れて神官を取得してもらいたい。

またジョブ・聖赦官(せいしゃかん)はジョブ・村人で誰の手も借りず、素手だけで自分よりもレベルが高いモンスターを三時間以内に十体倒すことが条件。

これはまず取得できない。絶対できないわけではないから、俺の奴隷じゃない人が自己責任でチャレンジするのは止めない。もっともこの条件を教える気にはなれないけどね。あの神官長のように聖赦官を取得した後に盗賊になられても困るからさ。

ジョブ・モンスターテイマーの取得条件は、モンスターと一対一で戦い百回勝つことだが、これも二つ目の取得条件がある。

一度に五体のモンスターと戦って勝利することで取得できるんだ。

どちらの条件も装備次第で取得可能だから、それほど時間はかからないだろう。

あとリンの槍聖(そうせい)など【聖】がつく聖職者ジョブは、取得条件に不確定要素が入っている。前述しているバースの冒険者や俺が取得した両手剣の英雄もそうだ。

明確に数で示されるものではないから、取得は目指していない。下位ジョブを取得する際に、または下位ジョブを取得してレベルを上げているうちに取得できたらいいな程度のものだ。

「お前たちは悪魔殺しのフットシックル男爵に買われた奴隷だ！　フットシックル男爵は他の貴族と違い、身分で人を判断しない。実力のあるものを重用し、奴隷であっても決して蔑(さげす)まない。お前たちの働き次第では、年季が明ける前でも奴隷から解放されるだろう。だから励め！　自らのため、フットシックル男爵のために励むのだ！」

「「「おおおっ！」」」

兵士には女性も交ざっているが、ほとんど剣士か槍士だ。そういった戦闘系ジョブを持った女性が、兵士に志願したとも言えるだろう。

あとパトリシアという十三歳の少女は、ドラゴニュートという珍しい種族だ。

種族特性が戦闘マニアらしい。え、そんな種族特性はない？　ははは。それほど戦闘に特化した考え方をしているってことだよ。

彼女には、リザードマンのジョジョグに似た鱗があるんだけど、決定的に違うのは背中の羽だろう。この羽があることで、五十五人の中で一番高額の八〇〇万グリルだった。

基本能力もかなり高く、村人・レベル四なのに腕力などの物理戦闘系の能力が、ヒューマンの剣士・レベル一〇よりも高いんだよ。種族が違うとここまで違うのかと思ったね。

パトリシアには弓王を目指してもらおうと、最初は思った。航空戦力で弓王とくれば鬼に金棒だろと安易に思っていたんだ。だけどパトリシアの器用値はかなり低い。要は不器用なのだ。そんなパトリシアに弓は無理だと俺とガンダルバンは判断し、騎士を目指してもらうことにした。

せっかくの航空戦力なのに、接近戦ですよ……。

さて、たった一人の支配奴隷のエンリケだが、彼のジョブは執事だ。

だけど転職可能ジョブに、あの復讐者があった。

前の職場でかなり酷い目に遭い、最後は冤罪を被せられて奴隷落ち。俺も復讐者を持っているが、奴隷にされることはなかった。エンリケの心の闇は深いと考えるべきだろう。

エンリケは四十二歳のオオカミ獣人。容姿は執事というよりも、ヤクザのボスといった感じでなかなか迫力のある顔をしている。

「エンリケは冤罪を晴らしたいか？」

「……どうでもいいです」

「本当にどうでもいいと思っているか？」

「………」

目に光がない。無駄だと思っているんだろうか？　それとも酷い扱いをされて心が壊れたか？

「無言は肯定と受け取るからな」

「私が冤罪だとなぜ知っているのですか？　あいつらに私を買って口封じをしろとでも言われているのですか？」

「俺に命令できるのは、俺だけだ。誰も俺に命令できない」

今「ふんっ」と鼻を鳴らしたな。

「たとえ相手がツクマンデス侯爵でも俺に命令はできない」

「っ!?」

俺がなんでツクマンデス侯爵を知っているのか、目を剥いて驚いているな。ふふふ。他言できないように魔法契約書で縛られていても、ユニークスキル・詳細鑑定の前では丸裸なのだよ。

「なぜ俺がツクマンデス侯爵を知っているのか、そんな顔をしているぞ？」

「そのようなことは……」

「隠しても無駄だ。エンリケがツクマンデス侯爵家にいたことは知っている。ずいぶんと嫌な思いをしたらしいな」

「な、なぜそれを……」

「俺に隠し事はできない。そういうことだ」

ミステリアスさを醸し出す。なんてね。俺じゃ、ミステリアスじゃなくてギャグのほうが合っているよ。

「全部ご存じなのですね」

「ツクマンデス侯爵に会ったことはないが、クズなのは知っている」

エンリケを通してね。

「ふー……。私はどうすればいいのですか？」

「いや、どうするも何も、エンリケがどうしたいかを確認しているんだ。復讐したいか？」

エンリケはジッと俺を見つめてくる。俺に惚(ほ)れるなよ。

「復讐は必要ございません」

急に口調が変わったな。しかも目に力がこもった。

「では、何がしたいんだ？」

「できることなら、フットシックル男爵家で執事をさせていただければと」

それだけでいいの？　復讐しないの？　ざまあしてもいいんだよ？

「分かった。それじゃあこの屋敷はエンリケが管理しろ。使用人たちを使って構わん」

「……本当によろしいのですか？」

お前が望んだことだぞ。

「別に構わない」

「わたくしは表向きには犯罪奴隷です」

「冤罪だと知っている俺が、なんで躊躇する必要があるんだ？」

「それはそうですが、外聞が悪うございますよ」

「外聞なんてクソ食らえだ。俺は俺のやりたいようにやる。そういうことだ」

口をポカーンと開けて、そして笑みを浮かべたエンリケは深々と頭を下げた。

「誠心誠意務めさせていただきます」

「ああ、よろしくな。ところで、冤罪についてはお前が晴らしたいと言うなら、晴らす手伝いをするぞ。そのままでいいと言うなら、そのままだ」

「そのままで構いません。復讐したいというより、新しい旦那様に仕える喜びのほうが勝っております」

いいこと言うじゃんか。エンリケが執事として真摯に仕事するなら、俺は何も言うことはない。

「そうか。それじゃあ、早速仕事をしてくれ。使用人たちに仕事をさせて、この屋敷をしっかり回してくれ」

「畏まりましてございます」

なかなか洗練された所作だ。

使用人は予定より多い十六人になってしまったが、少ないよりはいいだろう。エンリケならしっかり使用人たちをまとめてくれる。そう思って任せよう。

翌日から、ゴミ拾いの受付は屋敷の裏庭になった。

裏庭に大きな木箱を置いて、そこにゴミを回収したら肉がたくさん入ったスープとパンを与える。朝、昼、晩と三食用意して、子供たちに食事を与えている。

これはリリスをメインにバースとコロン、カロン姉妹と使用人たちに任せている。木箱は複数用意しているから、いっぱいになったら俺かバースが回収だ。

この屋敷で働きたいという子供は、そのまま雇う。住み込みがいいと言うなら、宿の部屋を与える。将来の主力になるように育てていくつもりだが、今のところそういった子供はいない。まあ地道にやればいい。

使用人と兵士たちの宿舎の建築が始まった。職人たちが出入りするが、これはエンリケと使用人たちに任せておけばいいだろう。

兵士たちはガンダルバンたちが気合を入れて鍛えている。ダンジョンに入る前に、武器の扱いに慣れさせるためだ。

それから勉強もしてもらっている。文字の読み書きと簡単な算数だ。

こちらはイツクシマさんが引き受けてくれたから、ソリディアと共に担当してもらっている。

ヤマトには兵士たちが使う装備の強化を頼んだ。

「武器と防具を強化する素材を買うお金をもらえるかな」

「ヤマトはお金を持ってないのか？」

「少しなら持っているけど、三十八人の武器と防具を強化する素材を買えるほどは持ってないよ」

数が多いだけに、納得だ。十万黒金貨を五十枚渡した。

「お〜。太っ腹〜」

「武器のせいで兵士が死ぬのは嫌だからな。できる限りの強化を頼むぞ」

ヤマトが強化した装備は、俺がエンチャントを施しても耐久値が減らないし、強化してないものよりも多くのエンチャントができるようになる。無駄飯喰らいかと思っていたが、役に立ってしまった。少しだけ見直してやろう。

「任せておいて！」

「あと買い物するなら運搬人候補を連れていってくれ」

ついでにゴルテオ商会にアイテムを運搬して、それを売ってもらおう。合計金額がジョブ・運搬人を取得できる一〇〇万グリルになるように調整はヤマトに任せよう。

「うん、了解。五人全員を連れていっていい？」

「いや、さすがにそれだけのアイテムが用意できないから一人ずつでいいぞ」

「う〜ん。三十八人分の素材だからかなり重いと思うんだ」

「それならバースを連れていくといい」

そんな話をしていると、イツクシマさんがリビングに入ってきた。

「買い物行くの？　私も一緒にいいかな？」

「いいよ〜。でも僕と運搬人候補の一人とバースさんしか行かないから、トーイ君は来ないよ？」

「そ、そんなの分かってます！」

すぐに支度してくると、イックシマさんはリビングを出ていった。


今日は探索者と神官に転職する予定の兵士を連れてダンジョンに入っている。ダンジョンムーヴで二階層に移動した。

「探索者になると、今のダンジョンムーヴが使えるようになる。深い階層になればなるほど、ダンジョンムーヴは効果を発揮するいいスキルだ」

探索者候補は五人だが、今回は二人を連れてきた。ジョブ・探索者を取得するには、ダンジョン探索初日に単独でモンスターを二十体倒す必要があるから、あまり多く連れてきても討伐ができないんだよね。

神官も同じく二人を連れてきた。ジョブ・村人で自分よりもレベルの高いモンスターを十体倒すことが転職条件だ。こちらは時間制限はない。

普通の武器をヤマトが強化し、俺が魔法を付与した魔剣や魔槍（まそう）を四人に持たせている。

俺のミスリルの両手剣を貸してもいいが、効果が地味なんだよね。だから派手な効果がある魔剣を使わせる。そのほうが気後れしないだろうと思ったんだ。

探索者になった二人を、俺が三階層から九階層までダンジョンムーヴで連れていく。あとは二人がダンジョンムーヴで後輩たちを連れていけばいい。ガンダルバンとこの二人に任せておけば、他の三人も探索者に転職して九階層まで自由に行けるようになるだろう。

探索者が五人もいて九階層まで行けるとレベル上げがしやすくなるし、ガンダルバンたちが交代で兵士をダンジョンで鍛えることができる。

レベルを上げると、その副産物としてドロップアイテムの換金額も高くなる。

奴隷にはダンジョンで得たアイテム換金額から少しだけこづかいが出る。ちょっとだけと思うかれ。八階層ともなると億単位の儲けがあるのだ。そこからの少しだから数百万グリルが懐に入ることになる。

奴隷がもらう報酬としては破格の金額になると思う。


探索者候補の二人と神官候補の二人は最初モンスターを前に腰が引けていたが、武器だけでなく防具もかなりいいものだから攻撃を受けても大怪我（おおけが）をしないことを知ると安心したのか、すんなりと探索者と神官を取得した。

「あんなに簡単に得られると、ジョブのありがたみが薄れます……」

そうアンネリーセが呆（あき）れるほど、スムーズであっさりだった。


屋敷に帰って、ガンダルバンたちに探索者と神官取得を報告した。

「これでご当主様に頼らずにダンジョンの九階層まで行けますな」

ガンダルバンはウンウンと頷（うなず）く。

「俺自身もレベルは上げたいからダンジョン探索は続けるし、王女と約束したから十階層のモンスターを千体間引くつもりだ」

「ご当主様がいますと、ダンジョン探索もかなり安全にできます。しかし家臣としてはそれに甘えるわけにはいきません。ですから兵士たちをダンジョンに連れていき、厳しく鍛えるつもりです」

「厳しくするのはいいが、細心の注意を払ってくれよ。せっかく育てても、死んだら意味がないからな」

「承知しました」

ガンダルバンはとてもやる気だ。兵士たちは少し気の毒になるが、中途半端な訓練しかせずダンジョンの中で死なれたら悲しいものがある。だから、ここまでやったんだから大丈夫という感じにしてもらいたい。俺もバルカンのシゴキに耐えたあの日々があったからこそ、今があるのだと最近思うようになっている。

「うちも結構な大所帯になった。そこでバース、ジョジョク、リン、ソリディア、ロザリナの五人を騎士にしようと思う」

「よい頃合いでしょう。某(それがし)は賛成です」

ガンダルバンが賛同してくれた。

「俺たちが騎士ですか。身分不相応な気がしますが……」

「レベル四八のソードマスターが騎士程度で身分不相応などという話はないだろ」

ジョジョクだけでなく、ガンダルバン、バース、リン、ソリディア、ロザリナは全員レベル四八だ。すでにバルカンどころか王国騎士団長バルバドスさえも超えているんだよ。

「バース、ジョジョク、リン、ソリディア、ロザリナは騎士になってもらい、奴隷たちを部下として鍛えてもらおうか」

それぞれに四、五人ずつ部下をつけることにしたが、兵士たちが全員目当てのジョブを取得してから配属だな。

「コロン、カロンもレベルはかなり高くなったが、今回は保留だな。役職ではないが、従士長といった感じか」

「私たちなどまだまだですから」

「今の待遇でも過分ですから」

コロンとカロンのレベルは四二。バルカンやバルバドスと肩を並べるレベルだ。それはこの国の最強たちと肩を並べたことになる。よくがんばったな。

「最後にガンダルバンは騎士長だな。これからも皆の面倒を見てやってくれ」

「身に余る光栄。謹んでお受けいたします」

「ガンダルバンは相変わらず堅いな」

「性分にございますれば」

そういうのが堅いんだよ。

アンネリーセの愛の賢者もレベル四八。

俺は転生勇者・レベル四五。英雄剣王・レベル三五。

「旦那様。城から使者様がお越しにございます」

エンリケに不意に告げられる。城から使者がやってきた？　なんで？

「明日登城されるように」

使者はそう言い残し、帰っていった。

俺、最近何もしてないよな？　王家に対して。

「明日、登城するから用意を頼む」

「承知しました」

城か〜。姿を現したまま城に入るのは、いつ以来だったかな？

Side グリッソム

王都ダンジョン六階層で十日ほど過ごし、モンスターを狩っていたグリッソムのパーティー。今回はレアドロップが意外と多く、ホクホク顔で出口に向かっていた。

順調に五階層、四階層と進み、出てくるモンスターを余裕で倒せるようになったところで一泊する。

「おい、野営の準備だ。早くしろ！」

同じパーティーの仲間——グリッソムにとっては下僕のような者たち——に、野営の準備を命じる。その中でも最も立場の弱い男性探索者——トトナスがそそくさと準備をする。

野営といっても火はなく、食事として硬いパンと塩辛い干し肉と水を用意する。仲間たちがその食料を食べている間に、毛布を敷いた寝床をセットするのがトトナスの役目だ。

「クソッ不味(まず)いなっ！」

グリッソムは硬いパンに文句を言いながら齧(かじ)りつく。

このパーティーにあって、グリッソムは王である。誰も逆らえない王なのだ。

だから五人は何も言わない。グリッソムには父親の後ろ盾もあれば、本人も厭(いや)らしいジョブ・弱体呪術士だ。しかもグリッソムが行っているだけに、なぜグリッソムのジョブが盗賊にならないのか仲間たちには不思議で恐ろしかったのだ。

ジョブが盗賊に変わっても元のジョブに転職させてくれる神官長ダンデリードの存在を知る由もない仲間——下僕たちである。

それにグリッソムと一緒にいれば、ある程度いい生活ができるのも大きい。

適度に睡眠をとって体力が回復したところで、再びダンジョンの出口に向かって進む。

そして三階層に入ったグリッソムは、出口へ向かう道とは違う道へ進んだ。

「相変わらず辛気臭い場所だな」

見渡す限りの毒の沼。およそ三十メートル先には、宝箱が鎮座している。

この毒の沼の宝箱は一度なくなったと聞いたが、最近また現れた。

宝箱が同じ場所に現れるなど聞いたことがないが、あるのだから狙わないわけにはいかない。

過去に空を飛べる鳥系獣人が宝箱を目指した。しかしその鳥獣人は空気中の毒素を吸い込んで気を失い、毒の沼に落下して帰らぬ人となった。

ある者は耐毒のアイテムを身につけて毒の沼に入ったが、耐性を上回る毒素によって動けなくなって毒の沼に沈んだ。

そういったことから、あの宝箱は簡単に手に入れることはできない。

「おい行け」

またトトナスだ。

ただしグリッソムもただトトナスを殺そうというのではない。父親のコネで耐毒のアイテムを手に入れている。その辺りにあるような、微毒や弱毒用のものではなく、強毒にも耐えるものだ。

強毒耐性のあるマスク型のアイテムをつけたトトナスは、恐る恐る毒の沼に入っていく。

「あ……大丈夫だ」

「それは高かったんだ。当然だろ！」

グリッソムは早く行けと、トトナスを急かす。

グリッソムの態度に腹は立つが、逆らうと抹殺される。

これまでに何人もの仲間が殺されたり、エルバシル伯爵によって冤罪を被せられて奴隷に落とされた。

トトナスはそうなりたくないから、グリッソムの下僕として反抗せず従う。

今回の耐毒のアイテムは、トトナスを守り切った。

トトナスは宝箱の前に立ち、その蓋に手を伸ばした。

――ドンッ。

宝箱の罠が発動し、トトナスは爆発によって吹き飛ばされた。

意識が飛び、マスク型の防毒アイテムが破壊されたトトナスは、毒の沼に沈んでいく。

これだけ厳重に毒で守られているのだから、宝箱には罠などないとグリッソムたちは甘く考えていたのだ。

トーイたちがこの宝箱に手を出した時は、特に罠はなかった。その時に簡単に取られたせいか、今回は罠までついていた。

「ちっ、罠まであるのか、あの宝箱は!?」

トトナスのことを心配することなく、グリッソムは罠に対して毒づく。

その時だった。潮が引く干潟のように、毒の沼がスーッと消えていった。

「おっ!?　これなら行けるぞ！　おい、ザッカー。お前が行け！」

グリッソムはパーティーメンバーのザッカーに、行けと命じる。

安全だと確認されるまでは自分では立ち入らない慎重さは持ち合わせている。しかし仲間（とは思っていない）の命を軽々しく扱うグリッソムに、パーティーメンバーはいい顔をしない。

だがザッカーもグリッソムに逆らうのは得策ではないと、毒が引いたエリアに入っていく。ここで命を落とすか、グリッソムに殺されるかの違いだと、腹を括ったのだ。

ここで仲間たちと力を合わせてグリッソムを倒そうという判断はない。グリッソムが帰ってこなかったことを知ったエルバシル伯爵が、ザッカーたちだけでなくその家族に報復をするのが目に見えているからだ。ザッカーたちだけ生き残ったら、どう言いつくろっても報復対象になるのが分かり切っていた。

途中で倒れているトトナスの状態を確認するが、すでに事切れていた。それを首を振って仲間たちに伝える。

仲間たちはトトナスの死に一定の悲しみを覚えたが、グリッソムにそんな感情はない。

「そんな奴はどうでもいい。早く宝箱まで行け！」

ため息をついて立ち上がったザッカーは、宝箱へ足を進めた。

宝箱の蓋は開いていて、中には古びた杖のようなものが入っていた。

呪われていそうな不気味な杖に手を伸ばすのは躊躇したが、それを手に取ってグリッソムたちが待つところまで戻る。

「これが宝箱のアイテムか！」

先端が丸くなっている、まるで枯れた枝のようなその杖をグリッソムはマジマジと眺めた。鑑定の結果次第だが、よい杖ならグリッソムの装備になるだろう。

これだけ厳重に守られていたアイテムだから、とてもいいマジックアイテムに違いない。期待がグリッソムの胸を膨らませる。

グリッソムパーティーが稼いだお金は、八割をグリッソムが持っていく。残った二割を皆で分配するのだが、それでもそこそこの収入になる。

ただし換金されなければ仲間たちの取り分はない。

宝箱に十万黒金貨でも詰まっていてくれればと期待したが、換金できそうにないアイテムにメンバーたちは残念な思いだった。

「おい、もたもたするな！　さっさと帰るぞ！」

気をよくしたグリッソムが歩き出す。

メンバーはトトナスの持っていた荷物を分担して運ぶ。もちろんグリッソムは何も持っていない。腹が立つが、グリッソムには逆らえないのだ。

◆◆◆ Side トーイ ◆◆◆

身支度を整えた俺は、アンネリーセとロザリナ、そしてジョジョクを連れて登城した。

控室に三人を残して、一人で王女の執務室に向かう。相変わらず王女の執務室の前の控室には、多くの官僚が順番待ちをしていた。

俺もこの順番待ちをしなければいけないのかと思うと、辟易する。

「フットシックル男爵様。お入りください」

あれ、順番待ちはいいのか？

そこで待っていた官僚たちに睨まれながら王女の執務室に入る。俺の事情で順番を抜かしたわけじゃないから、そんなに睨まないでくれ。

「王女殿下。ご無沙汰しております」

久しくしてなかった貴族の礼。記憶から削除されていた礼の仕方を練習しておいてよかった。アンネリーセに指摘されなかったら、貴族の礼を完全に忘れていたところだ。

「久しぶりですね、フットシックル男爵」

王女は化粧で誤魔化しているけど、目の下のクマは健在だ。まだ忙しい日々を送っているようだね。

さて、この部屋には王女を守るように騎士が詰めているが、その中にあの病んでいる鑑定士がいるんだよね。俺を鑑定しようというのか？

まあ、鑑定されて困ることはないからいいけどさ。

「本日お呼びしたのは、ダンジョン探索の件です。どの程度進んだかお聞かせ願えますか」

なんだ、ダンジョン探索のことか。何もしてないのに呼ばれたから、色々自分の行動を振り返っていたんだよ。それならそれと言ってくれればいいのに。

「はい。八階層を踏破し、九階層に入ったところです」

「まあ、もうそんなに探索が進んでいるのですね。フットシックル男爵は優秀だと思っていましたが、わたくしの想像を超える優秀さですね」

そんなに褒めても何も出ないよ。

それにどうせ俺が八階層のモンスターの素材を大量に換金したことを聞きつけて呼んだんでしょ。王女としても王都ダンジョンの攻略具合は気になるはずだから、それくらいの情報網は張っているはずだ。

「この分ですと、十階層のモンスターを千体間引くのも、すぐですすね」

いい笑みで問いかけてくるが、すぐかどうかは分からないよ。モンスターもそうだけど、九階層や十階層が探索しにくいフィールドになっていたら進行速度は極端に落ちるからね。

「ご期待に沿えますように、努力します」

俺も無難な返事ができるようになった。少しは大人になったということかな。

「時に、フットシックル男爵。王都に屋敷を購入したとか」

耳が早いね。使者が来たから、知っているのは当然か。

「はい。いつまでも公爵様の屋敷にお世話になっているのも心苦しかったので、あばら家を購入しました」

「平民街の屋敷と聞きましたが、わたくしに言ってくだされば屋敷くらい用意しましたものを」

そんなの絶対に嫌だよ。それにそれをしたら公爵がブツブツ言いそうだし、王女の紐（ひも）つきなんてごめんだ。

「それに子供たちにゴミ拾いをさせているとか？」

む、どうしてそれを知っている？

「ゴミを拾った子供に食事を与えていると聞きました。それはどういった思惑なのですか？」

視線が鋭いぞ。王女でもそんな目をするんだね。

さて、どう答えるのが吉なのか？

厭味（いやみ）たらしく、王家がしないから慈善活動をしているとか？

それとも王都の美化活動？

まあ、正直に子供に食事を与えるための方便だと言うか。

「王都には食事をまともに摂（と）れない子供が多くおります。その子に食事を与えるのは簡単ですが、それでは何もしなくても食事がもらえると勘違いすることでしょう」

「ですからゴミ拾いをさせて、その報酬として食事を与えていると仰（おっしゃ）るのですね？」

「そうです」

王女が顎に手をやって考えるそぶりを見せた。

「フットシックル男爵。いささか王家に対して不敬ですぞ」

王女の側近のドレンが睨んでくる。いったいどういう意味だ？

「何か失礼なことを言ったでしょうか？　元は平民ですから礼儀を知らないもので、多少のことは大目に見てもらえるとありがたいのですが」

「礼儀作法の話をしているのではないですぞ」

不敬と言うから礼儀作法のことかと思ってしまったじゃないか。じゃあなんだよ？

「今のフットシックル男爵の話では、子供に食事を与えるのは王家がしないからだと聞こえますぞ」

なんだそんなことか。王家がそれをしてないのは事実だろ？　言われるのが嫌なら、言われないようにやればいいだけだ。

「ああ、子供の話ですか。何が不敬なのか……私には分かりかねます」

「王家が子供の対策をまったくしていない。そう言っているように聞こえますが？」

何もしてないとは言ってない。親のいない子供を集めて養育する施設があるのは俺でも知っている。王家か国か知らないが、対策を行っているのは理解している。ただし足りないとは思っているけどね。

「まったくしていないのですか？　それはいけませんね」

いちゃもんをつけられて、それを買ってしまう俺はまだ子供だな……。

「子供を集めて養育する施設を運営しておりますぞ」

「で？」

「……で、とは？」

「施設があればいいのですか？」

「王家は対策を」

「それで餓死や凍死する子供がゼロになったのですか？」

「いや……それは……」

言い淀むなよ。あんたがこの話を大げさにしたんだぞ。その責任をとって俺を言い負かしてみろよ。

「別に貴族や王家がなんでもかんでもできるわけがないので、私は何も王家に思うところはないですよ」

嘘だよ。対策をもう少しがんばってほしいと思ってる。ただしどんな国家でも、できることには限界があることも理解しているつもりだ。

あんたが大げさにしなければ、王女がスルーして終わっていたんだよ。分かる？

「ですから私の手の届く範囲で子供たちに食事を与えることで、働く意味を教えているだけです。それの何が不敬なのか。それを不敬と言うのであれば、全ての子供を助けてからにしてもらいたいですね」

「ぐっ……」

「フットシックル男爵。その辺りで」

王女に話が切られた。

「フットシックル男爵は王家の政策から漏れた子供たちに救いの手を差し伸べているだけ。わたくしたちはフットシックル男爵に感謝をすることはあっても、決して文句を言ってはいけませんよ。分かりましたね、ドレン」

「はっ。申しわけなく存じます」

その謝罪は誰に向けているのか？　まあいい、俺だって全員を救えるわけじゃないのだから。

「フットシックル男爵。王家としても多少ですが、資金援助をしましょう」

大した金額じゃないから別に構わないよ。そこに金を使うなら、もっとよい使い方があるからさ、それに使ってくれないかな。

「王女殿下に一つ提案があります」

「なんでしょうか？」

「これはあくまでも提案ですから、却下されても問題はありません」

「聞きましょう」

「親があろうがなかろうが、貧しい子供を集めて訓練を施してはいかがでしょうか。剣士や槍士、弓士、その他のジョブへの転職条件は、ある程度分かっているのです。探索者を引き抜くのもいいですが、兵士を自前で鍛えたほうが騎士団の強化に繋がると思いますし、勉強ができる子供がいたら官僚にすることもできます」

「魅力的な提案ですが、予算などの問題がありますね」

さっき資金援助すると言ったじゃん。もっとも俺がやっていることに比べると、かなり多くの資金が必要になると思うけどね。

「別にできなくても私は何も思いません」

最初から期待しなければ、やってくれなくても失望することはない。

⚜ ⚜ ⚜ Side エルメルダ ⚜ ⚜ ⚜

フットシックル男爵が部屋を出ていったのを見送ったわたくしは、鑑定士のサムダールに視線を向けました。

この国だけでなく他の国を含めても最高の鑑定士であるサムダールに鑑定できない人はいません。フットシックル男爵には失礼かと思いましたが鑑定させてもらいました。

彼のジョブは剣豪だと聞いております。実際に彼は剣を使って勇者のアカバ殿らを圧倒しました。ジョルズ迷宮——俗に王都ダンジョンと呼ばれているダンジョンを、短期間で八階層に至っているフットシックル男爵の強さの秘密を知っておくのは、国を率いる者として避けて通れないことです。こんなことをしなければいけないなんて、為政者とはなんと因果な商売なのでしょう。

それにわたくしはフットシックル男爵はユニークスキル持ちだと考えています。いくら剣豪でもこんなに短期間で八階層に至るのは難しいはずです。

彼の部下がいくら優秀であっても、そんなに簡単に八階層に至るはずはないのです。だからユニークスキルを持っていると、わたくしは考えました。

「どうでしたか？」

「は、はい……」

サムダールの顔色が良くありません。どうしたというのでしょうか？

「どうしたのです。早く報告を」

「フットシックル男爵のジョブは英雄剣王です」

「英雄……剣王……。間違いないのですね？」

英雄と名のつくジョブは、勇者と並ぶ最強のジョブです。しかも剣王とつくからには、剣においては右に出る者がいない。そう考えるほどの剣の使い手なのでしょう。

「はい、英雄剣王で間違いありません。レベルは三五でした」

「レベル三五ですか。八階層を踏破するにはいささかレベルが低いようですね……スキルはどうでしたか？　ユニークスキルは持っていましたか？」

「スキルはどれも英雄剣王のものばかりで、ユニークスキルは持っておりませんでした」

「ユニークスキルを持っていない……それは間違いないのですね？」

「何度も確認しました。間違いありません」

ユニークスキルを持っていると思っていたのですが、わたくしの勘が外れましたか。

しかしジョブが剣豪ではなく英雄剣王とは。ん、おかしいですね。そんなジョブに転職したのなら、わたくしの耳に入らないはずがないです。まさか神殿と何かの繋がりがあるのでしょうか？

しかしフットシックル男爵の周囲を探っても神殿との繋がりはまったくありませんでした。

「フットシックル男爵の部下に、神官がいる？」

思わず声に出てしまいましたが、それこそ神殿が黙っていないはず。神殿で転職する際、神官になった者は強制的に神殿に所属させられます。

でも、神官長騒動のどさくさに紛れて神官が市井に下った可能性はあります。

もし逃げた神官をフットシックル男爵が匿っていて転職しているのなら、わたくしのところに情報が上がってこないのも納得できます。

いいえ、それではレベルが三五もあることが説明できません。あの事件からまだそれほど時間が経っていないのに、レベル三五はあり得ないことです。

では、フットシックル男爵はかなり以前から英雄剣王に転職していたということになります。まさかガルドランド公爵がそれを隠した？　調べなければいけませんね。

はぁ……問題が次から次へと出てきます。わたくしはいつになったらゆっくり寝ることができるのでしょうか？

わたくしはフットシックル男爵と友好的に付き合いたいのですが、彼は謎が多すぎます。その謎が王家にとって危険ではないと判断できるまでは、警戒を続けなければいけません。摂政なんて、因果な仕事ですわね。

八章

ケジメは大事だ

ここ数日は、兵士と使用人のジョブ取得を指導する日々を送っていた。

兵士のジョブは概(おおむ)ね目標通りのものが手に入った。ただし弓王を目指していた五人のうち、三人は取得条件をクリアできずに足踏みしている。

さすがに三十連続一撃必殺は難しかったようだ。当たりどころが悪くて生命力を削りきれなかったり、命中せずに連続が途切れてしまう。

まあ、失敗しても再チャレンジできるから、チャンスは何度でもある。何度失敗しても最後に三十連続で一撃必殺すれば問題ないのだ。

それに取得条件がジョブ・村人に限定されているわけじゃないから、弓士に転職してから三十連続で一撃必殺する道もある。

むしろ二人も弓王を取得したことのほうが僥倖(ぎょうこう)だと思うべきだな。

あと使用人のほうだけど、元々農民が多く俺が奴隷として購入する前からジョブ・農民に転職できる人がいた。そういった人は希望を聞いて農民になってもらい、無駄に広い敷地内で畑を耕してもらうことになった。

俺のところにはローズがいるから種があればどんな植物でも育つけど、カモフラージュに丁度いいと思って畑を任せた。

その他に執事、侍女、料理人、庭師、厩務員、御者などに転職できるように、皆を指導している。基本的に執事と侍女は礼儀作法だけでなく、色々な知識を身につけなければいけないので時間がかかる。

料理人に関しては料理レシピの知識が百種類以上あると、転職可能になる。

だから俺とイックシマさんが前世の料理レシピを思い出して、百種類以上用意した。

あとは料理人になりたい三人がそのレシピを覚えれば、料理人を取得できるだろう。

庭師と厩務員、そして御者に関してはショートカットできる情報が得られなかったので、こちらも地道に取得条件をクリアしてもらいたい。

そうそう兵士と使用人たちには読み書き計算を覚えてもらっているんだけど、意外な才能を発揮する者がいた。

勉強はイックシマさんとソリディアが協力して教えてくれているが、隠者のソドンが意外な才能を発揮しているのだ。

ソドンは読み書きのほうはボチボチだけど、計算にその才能を見せた。

たった数日で四則計算を覚え、今はイックシマさんがより高度な数学を教えている。多分だけど、数学で俺を超える日はすぐだろう。

しかし容姿はぼーっとしているように見えるが、ソドンはなかなか頭が切れるようだ。天才肌なのかもだね。

今日は何日かぶりにダンジョンに入ろうと思う。八階層のボスを連戦する予定だ。

そろそろグリッソムが出てくるはずだが、今日になるか明日になるか、それとも何日後になるか。

待っているのは苛つく。そのイライラを八階層のボスにぶつけようと思っている。

メンバーは俺、アンネリーセ、ガンダルバン、ジョジョク、リン、ロザリナだ。

バース、ソリディア、コロン、カロンは兵士たちのレベル上げをしてもらう。

三階層を流してもらう予定だが、四人の他に神官も探索者もいるから、滅多なことはないだろう。


八階層のボス部屋。聳え立つ唐草模様のような彫刻があしらわれた石の壁のようなドアが、俺たちを阻んでいるかのようだ。

さて、今日は何回周回できるか。

「いくぞ」

「はっ！」

俺たちを迎え撃つ半魚人たちと、それを率いる半魚人王。

数は圧倒的不利。だが、俺たちなら勝てる。

「サンダーレイン！」

アンネリーセの魔法で雑魚を減らす。死ななくても大きなダメージを負っているから、雑魚はガンダルバンたちに任せて俺は半魚人王に向かう。

「最初から全開で行く！」

今はメインジョブ転生勇者・レベル四五、サブジョブ英雄剣王・レベル三五。

てくれた。

熟練度が（中）になったスキル・ヒロイック・スラッシュは、半魚人王の生命力を二割まで下げ
「喰らえ！　ヒロイック・スラッシュ！」

無数の剣戟が、半魚人王を斬り刻む。

英雄剣王・レベル一〇で覚えたスキル・乱れ斬りは敵に最大で十連続の斬撃を与える。

「次だ、乱れ斬り！」

「ちっ、六発しか当たらなかったか……」

十発全部当たるとは限らない。もっと剣の腕を上げないとな。

怒りに染まった目で俺を睨んだ半魚人王が、水を纏わせた拳で反撃してくる。

「そんなもの！」

カウンターを入れると、半魚人王の左腕を斬り落とす。

痛みに喘ぐ半魚人王に、追撃を与える。

生命力はすでに一割を切っている。このままいけば、完勝だ。

しかしそうは問屋が卸さない。半魚人王は、全身の毛穴（？）から水の弾丸を射出した。

周辺にいる敵味方関係ない範囲攻撃だ。

「うおーっ！」

残像を残して水の弾丸を見切る。

ステータスポイントを腕力だけじゃなく俊敏にも振っていてよかった。

いくらスキル・見切りがあっても、無数に射出された水の弾丸を躱すのは難しかっただろう。

今の水の弾丸の攻撃は、ガンダルバンたちにも届いた。皆が苦悶の表情をするが、それは雑魚半魚人も同じだった。

しかも、アンネリーセのサンダーレインで大ダメージを受けていたところに、今の攻撃があったことで多くが地面に倒れている。

本来はガンダルバンたちの状態を気にするところだが、この場合の経験値はどうなるのかと不謹慎なことを考えてしまう。

それも皆が倒れることなく立っているから、こんなことを考えられるんだよね。

「しゃらくせーっ！　英雄の帰還！」

英雄剣王・レベル三〇で覚えたスキル・英雄の帰還によって、半魚人王を中心に灼熱ドームが形成される。

苦しむ半魚人王のシルエットの動きが次第に緩慢になっていき、倒れた。

半魚人王の討伐を確認した俺は、皆に視線を移す。

「皆、怪我の状態は？　重傷は負ってないか？」

「問題ありません。アンネリーセ殿が回復してくれました」

「そうか、よかった」

前回は出してこなかった範囲攻撃を出してくるとは、さすがに八階層のボスと呼ばれているのは伊達ではないと言うべきか。

この分じゃ、あといくつかは見たことがない攻撃がありそうだ。厄介じゃないか。

「トーイ様。何か楽しいことでもありましたか？」

「アンネリーセ……。俺は楽しそうだったか？」

「はい。とても楽しそうです」

「そうか……。八階層ともなると、ボスが強いなと再認識しただけなんだけどな」

「たしかに強かったですね。半魚人王から離れていた私と、あの範囲攻撃を回避したトーイ様以外は全員被弾しましたから。しかしよくあの攻撃を避けられましたね。トーイ様がまるで何人もいるように見えました」

「できる限り俊敏を上げておいてよかったよ。そのおかげで回避ができた」

残像が見えるほどの速度が出るようになった。もちろんスキル・見切りの存在もあるだろうが、やはり能力を上げるのは基本中の基本だな。

「よし、休憩したら次行くぞ！」

「「応っ！」」


今回、俺たちは全部で六回、八階層のボス部屋を周回した。

最後の六回目に半魚人王の色違いの緑色が出てきて、風属性の魔法を使った。

普通（青色）の半魚人王よりもレベルが高く五二もあったが、危なげなく倒すことができた。

今回の八階層ボス周回で、アンネリーセ、ガンダルバン、ジョジョク、リン、ロザリナのレベルは五一になっている。

俺は転生勇者・レベル四九、英雄剣王・レベル四五になった。

得たアイテムは次の通り。

〈ボス半魚人・ノーマル〉

・Cランク魔石：三〇万グリル×三百六十個＝一億八〇〇万グリル

〈ボス半魚人・レア〉

・魔剣（片手）：二〇〇万グリル×二本＝四〇〇万グリル

・魔槍（まそう）：二〇〇万グリル×一本＝二〇〇万グリル

・魔弓：三〇〇万グリル×一本＝三〇〇万グリル

※魔武器は全て水属性

〈ボス半魚人王・ノーマル〉

・火属性の魔槍（片手）：四〇〇万グリル×一本＝四〇〇万グリル

・水属性の魔剣（片手）：四〇〇万グリル×一本＝四〇〇万グリル

・水属性の魔槍（片手）：四〇〇万グリル×一本＝四〇〇万グリル

・風属性の魔弓（片手）：五〇〇万グリル×一本＝五〇〇万グリル

・土属性の魔斧（まふ）（片手）：五〇〇万グリル×一本＝五〇〇万グリル

〈ボス半魚人王（緑）・ノーマル〉

・風神の鎧（よろい）：六〇〇万グリル×一領＝六〇〇万グリル

今日は一億四五〇〇万グリルの儲（もう）けになったが、半魚人王からドロップした武器は全部売らなかった。

あと、俺たちのレベルが上がったのと戦い慣れたことで、回数をこなすごとに召喚される半魚人の数が少なくなっていった。そのおかげで魔石の数が徐々に少なくなったのは嬉（うれ）し悲しい事実だった。

それでも一億を超える金額が手に入るのだから美味（おい）しい。

俺たちは今回六人で八階層のボスを攻略したが、普通のパーティーでも数を揃（そろ）えて挑めば問題なく倒せると思う。

探索者が一人いれば周回して一日で一億超えの金額を得られるのだから、仮に五十人で挑んでも均等割りして二〇〇万グリルを得られる。日本円で二〇〇〇万円だ。美味しい仕事だと思う。ただし、ボス部屋は入れる人数に制限がある場合があるけどね。

八階層のボス周回を繰り返すこと三日。

俺の転生勇者のレベルは五三、英雄剣王もレベル五三、そして暗殺者はレベル五〇になった。

ガンダルバンたちもレベルが上がっているし、そろそろ九階層の攻略に乗り出そうかと思ったその日のことだ。

「ご当主様。あれを」

屋敷で昼食を摂って休憩していると、バースに促されて窓から外を見つめる。遠くに煙がいくつも立ち上っている。火事か？

「あれはダンジョンがある方向です」

「ダンジョン……まさかグリッソムか……？」

「確認させます」

隣で煙を見つめていたガンダルバンが、配下を向かわせると言うのを俺は止めた。

「俺が行こう」

武器や防具はアイテムボックスの中に入っている。クイック装備ですぐに装備することもできる。

「それではすぐに準備します」

俺だけでいいと言いかけて止めた。ガンダルバンが俺一人で出かけさせるわけがない。この場合の正しい回答は……。

「準備を急いでくれ」

無難だけど、優等生回答だろう。

「はっ！」

ガンダルバンが皆を引き連れて食堂を出ていく。

十五分後には完全装備のいつものメンバーが集まった。

アンネリーセ、ロザリナ、ガンダルバン、ジョジョク、バース、リン、ソリディア。皆、引き締まった顔をしている。

コロン、カロン姉妹は兵士たちとともに屋敷を守ってもらうために残す。

「イツクシマさん。屋敷のことは頼んだよ」

「うん。任せて。気をつけてね、トーイ君」

「ああ。それじゃあ、行ってくる」

「ちょっと待った！　なんで僕には言葉がないの!?」

「ウザい」

「うぎゃっ!?」

ひと言だけ答えて馬車に乗り込んだ。ヤマトが騒いでいるけど、今は急いでいるから無視だ。

屋敷を出て最初は順調だったが、すぐに馬車が動かなくなった。ダンジョン方向から人が逃げてきて、道を塞いでしまっている。反対に俺たちのほうが邪魔だと言われる始末だ。

「馬車を降りるぞ」

馬車や馬は兵士たちに任せて、人の波に逆らうように進んだ。

激しい爆発音が間断なく聞こえてくる。もうすぐダンジョンだというところで、人はほとんどいなくなった。

いや、あちらこちらに人が倒れていて、惨たらしい光景が広がっていた。

建物もかなり酷く倒壊していて、ダンジョンを囲っていた石造りの建物は見る影もない。あまりの惨状に、ガンダルバンたちは声も出せないでいる。

ズッドーンッ。

「っ⁉」

建物の二階部分が抉られるように吹き飛んで、その後ろから黒い影が現れた。

三階建ての建物くらいあるその影が露わになった時、俺は顔を歪めた。

「町がぐちゃぐちゃじゃないか」

「あれは……まさか⁉」

「……悪魔っ⁉」

ガンダルバンの呟きにアンネリーセが応えたわけではないが、あれは悪魔だ。

人間のような体は漆黒の肌で、さらに腕が十一本と顔が六個ある。

顔が通常あるところに牡羊の巻き角を生やした悪魔の顔があって、理性があるとは思えない真っ赤な目と裂けた口から鋭い牙が見えている。

左右の肩の上に二つずつ顔があり、これは人間の顔だ。どこかで見たことがある顔だが、最後の顔を見て思い出した。

「グリッソムッ⁉」

巨大な体の分厚い胸の中心に、グリッソムの顔があるのだ。

両肩の四つの顔はグリッソムの仲間たちのものだ。

細かいことを言うようだが、グリッソムの仲間は五人いたはずで顔が一つ足りない。もしかしてあの悪魔の頭がそいつか？

「グオォォォッ」

悪魔の顔が雄叫びを発し、衝撃波となって空気を伝い建物を破壊する。倒壊寸前だった建物は完

全に破壊されて瓦礫の山になり、壊れていなかった建物にヒビが走り壁が落ちる。

「大声を出したからといって勝てると思うなよ！」

腰に佩いた魔剣サルマンの柄に手をかける。

「トーイ様。落ちついてください」

アンネリーセが俺の腕に手をそっと当てる。

「怒りは力を与えますが、怒りに任せて戦ってはいけません。怒りによる戦いは決してトーイ様のためにならないものです」

アンネリーセの天使のような声を聞くと、不思議と怒りが収まっていき冷静さが顔を出す。

グリッソムから直接危害を加えられたアンネリーセが落ちついて俺を諌めてくれる。彼女のほうが怒るべきなのに、冷静に俺を落ちつかせてくれた。本当に彼女には頭が上がらないな。

「ありがとう、アンネリーセ。もう落ちついたから大丈夫だ」

冷静になって、あいつを詳細鑑定する。

あいつの名前は中級悪魔モトロクト。

どうやらグリッソムたちはダンジョンの中で中級悪魔モトロクトの腕の一部を手に入れたらしい。それを使ったら悪魔になったようだ。

まさかあの毒の沼の宝箱が復活していて、その中身がこれとはな……。ダンジョンでは呪われたアイテムも手に入ると聞いていたが、これは呪い以上に厄介なものだ。

他人に迷惑をかけるものを宝箱の中に後生大事に入れておくなよな。

あー、でも……誰かの手に渡らないように極悪な毒の沼の中の宝箱に、悪魔の腕を封印したという考え方もあるのか？　それならもっと奥の階層に封印してほしいものだ。

どういった理由にしろ、鑑定せず安全だと分かっていないものを使ったグリッソムが悪い。

そもそも悪魔の腕を杖と勘違いするとか、間抜けすぎて言葉が出ないぞ。

「フットシックル男爵！」

俺の名を呼んだのは王女の側近の一人、王国騎士団長バルバドス。バルカンとほぼ同じレベルの強者で、この国最強と言われる男だ。

バルバドスは中級悪魔モトロクトと戦っていたのか、鎧がボロボロだ。それにかなり酷い怪我をしているようだ。血が激しく流れているらしく、地面に血だまりが広がっていく。

「アンネリーセ！」

「はい」

アンネリーセの回復魔法で、バルバドスの傷を癒す。流れ出した血を補うことはできないが、これで死ぬことはないだろう。

「これは……」

「バルバドス団長。状況説明を！」

アンネリーセの魔法の詮索なんてしなくていいんだよ。

「む……分かった。我らはダンジョンからグリッソムが出てきたと報告を受け、直ちに動いた。グリッソムはダンジョンの中で仲間を一人失ったと探索者ギルドに報告、ダンジョンで得たアイテムの換金をしている間に我らはギルドを包囲した」

換金している間に、捕縛しようと踏み込んだら、グリッソムは暴れ、鑑定に出していた杖を奪い使ったら、あの姿に変化したらしい。

グリッソムが使った杖のようなものが中級悪魔モトロクトの腕だったという落ちだな。

いいさ、悪魔だろうが神だろうが、グリッソムの顔がそこにあるならぶっ飛ばすだけだ。

「バルバドス団長、兵士たちを下げてください。後は俺たちが引き受けます」

「それはできぬ。我らはこの国を守る騎士団だ。悪魔を前に引くわけにはいかないのだ」

そういう意地というのを理解できないわけじゃないけどさ……。

「その意地によって兵力が落ちたら、この国を守ることさえできなくなるんじゃないのですか？」

「うっ……」

「どうしても引けない場面はあるでしょう。でもそれは今じゃない。ここは俺たちに任せて、被害者の救助をお願いします」

バルバドスたちが命を懸けるべき場所はここではなく、もっと別の場所だ。そういったことは起こらないほうがいいけどね。

「分かった。兵を引こう。援軍感謝する、フットシックル男爵」

「はい。感謝を受け取りました」

バルバドスが俺から離れていく。血を流しすぎて顔面蒼白だったが、気力で体を動かしているんだろうな。

「ガンダルバン！」

「はっ！」

「あれは中級悪魔だ。過去に倒した下級悪魔よりもレベルは高く五四だ。受け止められるか？」

ガンダルバンの口角が上がる。ふてぶてしい笑みだ。

「あのような雑魚に後れは取りません」

自信満々だな。それでいい。あんな奴に気後れしていては、王都ダンジョンの九階層でやっていけないからな。

「ロザリナ！」

「はいなのです！」

「バース！」

「はっ！」

「ジョジョク！」

「はっ！」

「リン！」

「はい！」

「ソリディア！」

「はい！」

「幸いと言っていいか分からんが、周囲は瓦礫だらけだ。誰にも気兼ねすることはない。思いっきりぶっ飛ばしてやれ！」

五人は気合の入った表情で、頷(うなず)く。

「アンネリーセ」

「はい」

「これでグリッソムとの因縁に決着をつける」

「はい」

「待たせたね」

「そう言っていただけるだけで、私は嬉しいです」

アンネリーセの微笑みが俺の心を奮い立たせる。

「さあ殺り合おうか。グリッソム」

悪魔に意識を乗っ取られているかもだが、そんなことはどうでもいい。あれが悪魔でもグリッソムを含んでいるのなら、その顔面を殴ってやるだけだ。


アンネリーセの魔力が膨れ上がる。

「デカいのをぶちかませ！」

「はい！　サンダーバースト！」

轟音と閃光。

天空から一筋の雷が落ち、中級悪魔モトロクトは超高温で焼かれ、さらに超高圧電流によって全身が痙攣する。

「グオオオオオオオッ。人間ごときがぁぁぁぁっ！」

「なんだお前、ちゃんと喋れるのか？　以前戦った下級悪魔はカタコトだったぞ。ヒロイック・スラッシュ」

サンダーバーストのエフェクトが消えた瞬間、俺は飛び出して中級悪魔モトロクトの頭部に魔剣サルマンを振り下ろした。

ヒロイック・スラッシュは敵の生命力の最大値を二割に落とす英雄剣王のスキルだ。

このヒロイック・スラッシュがあるだけで、ボス戦やこういった悪魔との戦いは楽になる。

中級悪魔モトロクトの頭部は首の辺りまで真っ二つになったが、十一本の腕が俺を捕まえようと迫ってくる。

顔面が左右に斬り裂かれているのに、反撃しようと動くのは褒めてやるよ。だがな……。

「お前は甘いんだよ」

ガンダルバンの突進をその腹部で受けた中級悪魔モトロクトが吹き飛んだ。

「俺ばかりを見ていると、足をすくわれるぞ」

せっかく顔が六つもあるんだ。よく見ておけよ。

「アンガーロックッ！」

ガンダルバンが敵対心を一身に集める。

「人間ごときにっ！」

「それしか言えないのか！」

ジョジョクの秘剣斬が炸裂。物理攻撃力が五倍の攻撃になるが、発動後三十分使用不可になる使いどころが難しいスキルだ。俺のヒロイック・スラッシュの後なら効果は絶大だ。

中級悪魔モトロクトの生命力が一気に下がった。

「「「シー・ニー・ター・クー・ナー・イー」」」

グリッソムの四人の仲間たちの声だ。

その姿はすでに死んでいると思うのは俺だけじゃないと思うぞ。

それにもし生きていても、以前の人間だった時の姿には戻れないだろう。

「「「シー・ニー・ター・クー・ナー・イー」」」

うっ……なんだこれは……？　体が重い……。

まるで重力が何倍にもなったような重圧を受ける。体が重く怠い。

「シー・ニー・ター・クー・ナー・イー」

「シー・ニー・ター・クー・ナー・イー」

「シー・ニー・ター・クー・ナー・イー」

「シー・ニー・ター・クー・ナー・イー」

四人の声を聞いた俺たちは、地面に膝をついた。

どうやら精神攻撃のようだ。面倒な攻撃をしてくれる。

「させない！」

リンの魔槍が左肩の顔を貫く。

どうやら槍聖のリンには効果がないか、効果があっても軽度だったようだ。

俺のメインジョブは英雄剣王、サブジョブは暗殺者にしていたからレジストできなかったようだ。

ただサブジョブが転生勇者だったらレジストできたかもしれないが、どこで鑑定されるか分からないから転生勇者ではなく暗殺者の偽装が必要なんだよ。

真っ昼間でどこから見られているか分からない状況では、転生勇者は死にジョブなんだよな。

リンの攻撃を受けて、精神攻撃が切れた。

「よくもやってくれたな！」

バースが魔力を込めまくった魔毒の弓から矢が放たれ、その矢が右肩の顔に深々と刺さった。

「キャアアアッ」

矢の刺さった女の顔が悲鳴をあげる。

その顔は矢の刺さったところから青紫の痣が広がってゆく。毒がじわじわと中級悪魔モトロクトを侵食してゆく。

その間に俺が斬った悪魔の顔が再生してゆく。傷一つない状態に修復された顔が、不敵な笑みを浮かべた。

再生力が高い面倒くさい奴だな、この野郎。

一本の腕が、毒に侵された右肩の頭を掴む。何をするかと思ったら、その頭を引っこ抜いた。

「おいおい、そんなのありかよ？」

しかも毒に侵された頭を悪魔の頭が貪り喰ったのだ。

「化け物、ここに極まれり……か」

気持ち悪いものを見せるなよな。

それ、毒に侵された頭を食べた悪魔の頭は毒に侵されないのか？　悪魔の生態は不思議だな。

「で、引っこ抜いた頭が再生するとか、舐めてんのかよ」

再生した右肩の頭は毒に侵される前の状態のようだ。

こんな治療法があるとは、さすがに思わなかったぞ。

「時間をかけると、こっちが不利になりそうだな。一気にいくぞ！」

「「応っ！」」

ロザリナが飛び出して、中級悪魔モトロクトの体中に打撃を叩き込んでいく。

残像が見えるほどの高速ラッシュだ。

「矮小な人間ごときがっ！」

中級悪魔モトロクトがロザリナの動きについていく。あの巨体で高速で動けるとか、反則だろ。

スピードはロザリナのほうがやや上だが、中級悪魔モトロクトは腕の多さでその少しの差を補っている。

中級ともなると、かなり強い。下級悪魔とはさすがに違うな。

だが、勝つのは俺たちだ。中級とはいえ、たかが悪魔なんぞに負けるつもりはない！

「俺もそれに交ぜてもらうぜ」

ステータスポイントを俊敏値に振る。ドーピングもいいところだが、毒に侵された頭を食ってその頭が再生する悪魔よりは反則じゃないと思う。

「はぁぁあっ！」

「ロザリナ、左だ」

俺が右、ロザリナが左から挟み込む。

俺は中級悪魔モトロクトの腕を四本斬り落とし、ロザリナは左側の腕を二本折って一本を引きちぎった。

「小癪な！」

中級悪魔モトロクトは腕を斬り落とされてもまったく動じず、さらには反撃をしてくる。

痛覚遮断のスキルでも持っているなら別だから、腕をこれだけ斬り落とされて平然としているのは褒めてやるよ。

しかも斬られた腕が瞬時に再生する。

再生速度が異常だ。

こんな常識外れの奴、面倒くさいから嫌いだよ。

「ヌォォォ」

ソリディアの眷属のリッチ改（三体のリッチが融合）がライフドレインで生命力を削る。が、中級悪魔モトロクトはそのゴーストを鷲掴（わしづか）みにし、喰いやがった。

「ゴーストって喰えるのかよ!?」

実体を持たないゴーストを掴むだけでも異常なのに、喰ったことに驚きを覚える。

掴まったら、俺も喰われるのか？　嫌だなぁー。

今の捕食で減っていた生命力が回復した。生命力上限が二割になっているのは変わらないが、それでも元々が膨大な生命力だから厄介な能力だ。

「下手に近づけませんな、これは」

ガンダルバンも捕食を警戒する。最も近い場所で戦うことになるガンダルバンだから、当然の警戒だ。

ローズを召喚して拘束してもいいが、バルバドスたちにローズを見られたくないんだよな。

「アンネリーセ。あいつの動きを止められるか？」

「お任せください……ライトチェーン」

ジャラジャラと光の鎖が中級悪魔モトロクトの体に巻きついていく。

「グオオオオオオオッ」

動きを阻害されることを嫌った中級悪魔モトロクトが暴れて光の鎖から逃れようとする。

光属性だけあって、悪魔には効果が高いようだ。

「いくぞ、ガンダルバン！」

「はっ！」

ガンダルバン、ジョジョク、リン、ロザリナが俺と共に一気に間合いを詰める。

「パワーアタック！」

「トリプルスラッシュ！」

「ライトニングランス！」

「気法とラッシュなのです！」

俺も四人に負けないように、スキルを発動させる。

「剣王領域！」

空中に七本の剣が現れる。

「いっけーっ！」

それぞれが意思を持っているかのように動いて、中級悪魔モトロクトの全ての腕を斬り落とし、
さらには悪魔の頭も斬り飛ばす。

「グオオオオオオオッ」

宙を舞う悪魔の頭から怨嗟の声が発せられ、地面に落ちた。

「ふんっ」

地面に落ちた悪魔の頭をガンダルバンが踏み抜いて、完全に破壊した。

「セイントストライク！」

悪魔の頭があった斬り口に、セイントストライクを発動させたリンが魔槍を深々と突き刺す。

聖なる光によって悪魔の体が大きく抉られる。

「や、やめてくれーっ！」

む、今まで何も喋らなかったグリッソムの顔が喋った。

「お前、グリッソムか？」

「そ、そうだ」

「そうか……なら、死ね！」

「なんでだぁぁぁっ!?」

「お前が悪党だからさ！」

ふんっ！

グリッソムの顔に魔剣サルマンを突き立てる。

「ギャアアアアアアアアッ」

「これはアンネリーセが受けた痛みや苦しみの数十分の一の苦しみだ！」

魔剣サルマンを抜いて、グリッソムの顔面を蹴って後方宙返りして地面に着地。

「うぉぉぉっ！」

日頃あまり喋らないジョジョクが熱い！

残像を残して中級悪魔モトロクトの横をすり抜けた。

中級悪魔モトロクトの左太ももに線が走る。その線に沿って太ももがずれていく。

あの太い中級悪魔モトロクトの太ももを軽々と斬ったか。さすがはソードマスターのジョジョク、凄(すご)い剣の冴(さ)えだ。

「ギャアアアアアアアアッ」

グリッソムが、悲鳴をあげた。

「痛い痛い痛い痛い痛い痛い痛い痛い痛い痛い痛い痛い痛いっ。なんだ、なんで俺がこんな目に遭うんだ!?　あぎゃぎゃぽーっ」

「お前だからそんな目に遭ってるんだよ！」

どうやら悪魔の頭はリンの聖なる攻撃で再生できなくなったようだ。そのせいでグリッソムの意識が浮上した。そんなところだろう。

「これはむしろ好機！」

悪魔に恨みはないが、グリッソムには恨みがある。

このまま殴って殴って殴り倒してやる！

「反逆者グリッソム！　お前のおかげで町が酷い有様だ。その責任をとって死ね！」

倒れて喘いでいるグリッソムに、魔剣サルマンを向けて死の宣告をする。

「ふ、ふざけるなっ!?　俺が何をしたっていうんだ!?」

「しらを切っても無駄だ。お前のやってきたことは、すでに白日の下に晒(さら)されている！」

「そそそそそんな証拠、どこにあるんだ⁉」

証拠よりも、悪魔に取り込まれた時点でお前は終わっているんだよ。それくらい理解しろよな。

「お前がダンジョンに入っている間に、裏ギルドも壊滅した。お前のジョブを元に戻してくれた裏ギルドの副ギルド長である神官長も捕縛された。そして、頼みの綱のエルバシル伯爵もすでに捕縛されている。守ってくれるパパはもういない。さあどうする？　グリッソムさんよ」

グリッソムが目を剝いて驚いている。ダンジョンに入っている間に状況が一変しているのだから、驚くのは当然だ。ざまあないな。

「さて、グリッソム。お前、今の自分がどんな状態なのか、理解したか？」

「理解だと……？」

意識が浮上したのはいいが、悪魔に取り込まれているとは夢にも思ってなかったのか？

それはそれで気の毒？　な話だが、だからといって俺たちが手加減する理由にはならない。

「なんだこれはっ⁉」

自分の状況を認識したのか、慌てる顔が間抜けだ。

「お前、悪魔に取り込まれたんだよ。ダンジョンの中から悪魔の腕を持ち帰って、それを杖と勘違いして使ったらしいじゃないか。愚かだよな～、グリッソムよ～」

おかげで捕縛なんて生温いことをせずに、お前の命でこれまでの罪を償わせることができる。

柄にもないことだが、お前だけは許さん！

「ふざけるなっ⁉　早くこれをなんとかしろ！」

なんで俺がそんなことをしないといけないんだ？　そもそもこいつはなんで俺に命令しているん

だよ？　こういう自分本位の考え方しかできない奴って、いるんだよな。赤葉（あかば）とか、アカバとか、アカバカとかーっ！

なんか赤葉の顔を思い浮かべたら、すっげー腹が立ってきた。赤葉・プラス・グリッソムって、最凶最悪な組み合わせだな。

どっちが最強クズか競わせたら、どっちが勝つかな？　そんなことするつもりはないけどさ。

「ふんっ」

「うぎゃっ!?　な、何をする!?」

「あ、つい……悪い……とは思ってないぞ」

気づいたらグリッソムの顔面を殴っていた。まったく後悔してないからな。

「貴様ぁぁぁっ！」

グリッソムが怒りに任せて俺に攻撃を仕掛けてくる。そんな遅い攻撃が俺に当たるわけがない。俊敏ブーストはマジでヤバいんだぜ。一秒が十秒にも三十秒にも感じられるのだ。

「第二ラウンドの開始だな」

静か？　に怒りを燃え上がらせる俺が飛びのいた刹那（せつな）、稲妻がグリッソムの顔を襲った。

「ギャアアアアアアアアアッ」

「私もいることを忘れてもらっては困ります」

グリッソムが最も謝罪しなければいけない相手、アンネリーセの雷魔法だ。

光の速度で飛んでくる稲妻を避けるのは俺だって至難の業なんだから、グリッソム程度が躱せるわけがない。

「おのれぇぇぇっ！　よくも！　よくも！　よくも！　よくも！　よくもぉぉぉっ！」

「「「「コー・ロー・セー」」」」

グリッソムの怒りに呼応するように、四人が合唱を始める。

まただ。また精神攻撃だ。悪魔の頭がなくても、この精神攻撃はできるようだな。

「しゃらくさいっ！」

サブジョブを転生勇者にチェンジ。転生勇者は隠しておきたいが、この精神攻撃は面倒だ。

――セイントクロス！

光の十字架がグリッソムの顔面に直撃。

「ギャアァァァァァァァァッ。熱い熱い熱い熱い熱い熱い熱い熱い熱い熱い熱いぃぃぃぃぃぃぃぃぃぃっ!?」

どうやら悪魔にとって聖属性の攻撃は熱いらしい。

グリッソムが極端に痛みに弱いという可能性は捨てきれないけどさ。

「だったらこれならどうだ！」

聖覇気は邪悪な者を寄せつけない。しかし面と向かって聖覇気を受けたグリッソムは白目を剥いて倒れてしまった。

「ファイアボール！　ファイアボール！　ファイアボール！　ファイアボール！　ファイアボール！」

ファイアボール五連射とか、アンネリーセも容赦ない。でもファイアボールじゃ悪魔は倒せない。

これは倒すのが目的じゃない。ただ痛みを与えるだけの、意趣返しのようなものだ。

「リンッ！」

「はい！」

俺は聖覇気を発しながらグリッソムの顔面に魔剣サルマンを突き立てる。グリッソムの悲鳴がウザい。

リンは聖槍を召喚し、その槍で他の四つの頭を潰して腹部に深々と突き刺した。

グリッソムの体から光の帯が飛び出し、膨張する。

俺とリンは飛びのいて膨張と収縮を繰り返すグリッソムから離れた。

「アガガァアガガガァァァァ……」

膨張と収縮が収まり、グリッソム――中級悪魔モトロクトの体が砂化した。

「終わったな」

終わってみればあっさりと勝ってしまった。

「アンネリーセ。終わったよ」

「はい。ありがとうございます。トーイ様」

アンネリーセの目に涙が溢れる。俺はその涙を指で拭ってあげ、そっと肩を抱き寄せる。

この王都にやってきて、意図してなかったけど赤葉たちを殴れたし、アンネリーセに酷いことをしたグリッソムもぶっ飛ばした。

前世の知り合いであるイックシマさんとも再会できたし、おまけのヤマトも仲間になった。

この王都での滞在は意外と充実していた気がするな。

「ご当主様。これを」

リンから宝珠を受け取る。これ王家が買い取るとか言うんだろうな……。

そうだ、サブジョブを暗殺者にして偽装をしておかないと……。

「「……」」

うわー。嫌な奴と目が合ってしまった。なんであのオッサンが、こんなところにいるんだよ？　ワーカホリック鑑定士のサムダールだ。俺を鑑定してないだろうな？　面倒なことにならないといいんだが……。

騎士団長バルバドスがどうしてもと言うので、一緒に王城に入った。そのまま王女の執務室へノータイムで入った。

「フットシックル男爵。この度は悪魔討伐、ご苦労様でした」

適当に返事をして、当たり障りのない会話をする。

同時に王女の目の下のクマが気になる。以前よりも濃くなってるぞ、大丈夫か？　体調管理は大事だぞ。

「一度ならず二度も悪魔を討伐し、さらに今回は中級悪魔だったと聞いております。フットシックル男爵たちがいなかったら、もっと被害は大きくなっていたでしょう」

「探索者ギルド周辺がかなりの被害を受けたようですが、ダンジョンのほうは大丈夫でしたか？」

ダンジョンの入り口を覆うように造られていたパルテノン神殿のような建物も崩壊していた。あれでダンジョンに入れないとなったら、俺が受けた依頼が遂行できなくなる。

「建物は崩壊しましたが、ダンジョンの入り口にはなんの問題もありません」

「それはよかったです」

入り口が塞がれてしまったら、探索者たちが出てこられないからね。ダンジョンの中に閉じ込められるとか最悪だ。

「さて今日お呼びしたのは、察しがついていると思いますが、褒美に関してです」

褒美をもらうだろうというのは、簡単に予想できた。

だから王女が何を褒美にするか、俺は戦々恐々だよ。

公爵は褒美と言って俺を名誉男爵にした。さて、王女は何を出してくるやら。

「本来であればフットシックル男爵を子爵に陞爵させ、領地を与えるところですが――」

やっぱりそうなるよね。要らないんだけどさ。

「フットシックル男爵はそのような褒美は望まない。そういう性格をしていると私は考えています」

お、分かってるじゃない。俺のことを相当調べたようだね。

「本来、フットシックル男爵が陞爵するということは、貴方の家臣たちのためでもあります。陞爵がどうしても嫌と仰るのであれば他のものを考えますが、家臣たちのことを考えて返事をしてください」

家臣たちのこと……。そうか、俺が出世すれば、ガンダルバンたちも出世するということだもんな。俺はガンダルバンをはじめ、多くの人の上に立っている。そのことを今まで考えることがなかった。

今の俺は一人ではない。アンネリーセもいるし、頼もしいガンダルバンたちもいる。イックシマさんやヤマトもいる。俺の陞爵で皆が幸せになるなら……。

「返事はすぐにとは言いません。ガルドランド公爵とも諮(はか)る必要があります。すぐに使者を送りますが、公爵が王都へやってくるまでにしばらくかかるでしょう」

俺は公爵の家臣だから、王女が勝手に褒美を与えるというわけにはいかないか。公爵がこの王都にやってくるまでにまだ時間がある。その間に皆と相談して、こちらからの要望をまとめておこう。

「褒美の話は公爵が王都に到着してからとなります。それまでに要望があれば、聞きます」

「ありがとうございます」

「さて、褒美の件はこれで終わりますが、一つ確認しておかなければいけないことがあります」

きたか。俺のステータスの件だよね？　ワーカホリックの鑑定士から報告を受けたんでしょ？

「フットシックル男爵のジョブについて教えてください」

俺のジョブの確認か。まずはジョブならぬジャブからだね。

「私のジョブは英雄剣王です」

「レベルを聞かせてもらえますか？」

レベルまで聞くの？　まあいいけどさ。今の俺はバルバドスを上回るレベルになっているから、王女は敵対しないはずだ。そのくらいの分別はある人だと、俺は思っている。

「レベルは五四です」

俺のレベルを聞いた警護の騎士たちがざわっとなった。

王女が咳払(せきばら)いすると、ざわつきは収まる。

中級悪魔モトロクトとの戦いを経て、英雄剣王のレベルは一つ上がっているんだよね。

「英雄剣王、レベルは五四……」

剣豪がなくなってしまったから、剣豪と言い切るのは無理がある。

暗殺者のスキル・偽装を使えばステータスのジョブを剣豪に見せることはできるが、どうせいつかはバレるのだから英雄剣王はそこまで隠すつもりはない。

転生勇者に比べれば、まだ英雄剣王のほうがいい。

以前アンネリーセに聞いた話だと、勇者というジョブは異世界から来た人じゃないとなれない。

だけど英雄はこの世界で生まれた人に現れるジョブだ。

だから英雄剣王を知られても、俺が異世界からの転生者だとは気づかれないだろう。

「それはどうやって転職したのですか？」

「剣豪から進化しました」

一応、言いわけは考えておいた。王女が信じる信じないではなく、そう言い切るつもりでいる。

「剣豪から進化するなんて聞いたこともないです」

「私も進化した時はとても驚きました」

王女が鑑定士をチラ見した。

鑑定士がその視線に応えるように、軽く頷(うなず)く。

「では、ユニークスキルについて教えてもらえますか」

やっぱりあの時見られていたんだな。

グリッソムを殴るために、サブジョブを暗殺者から転生勇者にした。その際に偽装が解除されていたんだが、それをこの鑑定士が見逃すとは思えない。

どこまで聞かれるか、心づもりをしていてもドキドキするよ。

「申しわけありませんが、ユニークスキルについてはお教えできません」

「……つまりユニークスキルを持っていることは認めるということですね」

「さて、どうでしょうか」

護衛の騎士たちから殺気が向けられる。あんたたち、王女への忠誠心が高そうだね。ドレンとかいう側近も凄い目してるよ。

ユニークスキルについては教えるつもりはないけど、鑑定士から報告を受けているんでしょ？　それでいいじゃん。

「正直に言いますと、わたくしの部下の鑑定士がフットシックル男爵にユニークスキルがあるのを見ているのです」

「それであれば、私から聞く必要はないと思いますが？」

「フットシックル男爵の口から聞きたいのです」

「お教えできません」

「どうしてもですか？」

「どうしてもです」

騎士たちの殺気で室内の温度が二度くらい下がったんじゃないか。二度って微妙だな……。

「分かりました。これ以上は聞きません」

「王女様の英断に感謝いたします」

知らぬ存ぜぬというか『教えない』を通そうと思っていたけど、王女が折れるとは思っていなかった。

まあ、どうせ俺の情報は鑑定士から聞いているんだから、今さら俺の口から何かを聞き出さなくてもいいってことだろう。

でも鑑定士から聞くのと、俺が言うのとでは意味合いが違う。俺はユニークスキルを持っているとも持っていないとも言ってないのだから、王女はユニークスキルに関する依頼をしてこられない。依頼してくるかもしれないが、そんなことはできませんと断るだけだ。

しかし俺のステータスは、あの鑑定士にどう見えているのだろうか？

王女のあの口ぶりだと、俺が転生勇者のジョブを持っているのを知らないような感じなんだよな？　転生勇者のことが知られているとしたら、もっと騒ぐと思うんだよね。もしかして俺の思い過ごし？　転生勇者なんてどうでもいいとか？　ははは、それはないだろ？

まさかとは思うけど、サブジョブは見えないのかな？　俺の詳細鑑定だと見えるけど、普通の鑑定では見えない可能性は捨てきれないか。それならそれでありがたいが、それでもユニークスキルが知られたのは痛いな……。

この王女様は可愛い顔しているだけあって……根は善良だと思う。顔は関係ないか。

だから俺に多くを求めてはこないだろう。しかし、それが国や王家の存続にかかわるようなことなら話は別だ。

そういうことがあればこの国から逃げ出すことも考えないといけないけど、結構愛着が湧いているからそうならないことを願うよ。

「それではまた呼び出すこともあるでしょうが、今日は下がってよろしいですよ」

「はい。これで失礼させていただきます」

王女に恭しく頭を下げて退室する。

ふー、なんとかなった。しかし疑問が残る。あの鑑定士はどのように俺のことを報告したんだ？

❖ ❖ ❖

Side エルメルダ

❖ ❖ ❖

フットシックル男爵との会談は、大貴族を相手にするよりも気を使います。

彼は底が知れない人物です。名誉欲や権力欲がある方ならこれまで何人も相手をしてきて少しは慣れたつもりですが、フットシックル男爵はそういったことに興味がないようです。そういう人が一番扱いにくいのです。はぁ……。

さて今回、鑑定士のサムダールはフットシックル男爵が悪魔と戦っているのを見ていました。

彼が言うには、戦っていたフットシックル男爵のステータスが一時的に文字化けしたらしいのです。一時的というのがよく分かりません。ずっと文字化けしているならそういうものだと思うのですが、なぜ一時的なのでしょうか？

ただその文字化けした際に、ユニークスキルの欄が出てきたそうです。文字化けしていたためユニークスキルの内容までは分かりませんが、フットシックル男爵にはユニークスキルがあると考えていいと思います。

さきほどの問答によって、彼にはユニークスキルがある、わたくしはそう確信しました。それがどのようなものなのかとても気になるところですが、フットシックル男爵はそれを言いたくないのだということもよく分かりました。

フットシックル男爵をこのまま放置するつもりはありませんが、だからといって敵対するつもりもありません。彼とは今後も良い関係でいたい。それがこの国のためになると、わたくしは考えています。

ふふふ。わたくしが勘や感情に頼っているなんて、これまででは考えられないことです。

彼にはそれだけの魅力があるのでしょうか？

武力があり、頭も悪くはない。出身ははっきりしませんが、その才能はこの国でも突出した存在。

少し我が強いところもありますが、ある程度は周囲に合わせる姿勢も見せている。

わたくしの伴侶になる方には、フットシックル男爵の半分でもいいのでわたくしを楽しませてくださる方がいいですわね。そのような方が現れなかったら、フットシックル男爵を伴侶にするというのもいいかもしれません。

でもそんなことを言うと、逃げられそうです。本当に為政者泣かせの困った方ですわね。

あら嫌ですわ。こんなクマが酷（ひど）い顔を見せてしまいました。幻滅されなかったでしょうか？

エピローグ　そうだ、温泉に行こう！

悪魔に取りこまれたグリッソムを倒し、王女との面談を終えた俺はそれらの疲れを癒したい。

アンネリーセの膝枕もいいのだが、それだと彼女が疲れてしまう。

どうしたら疲れを癒せるのかと考えた俺は……。

「そうだ、温泉に行こう！」

「おんせん……ですか？」

「地下のお湯が湧き出しているところって、近くにないかな？」

「……たしか王都から北東へ一日のところに、地下から高温のお湯が湧き出していると聞いたことがあります」

「それだ！」

そんなわけで俺は温泉旅行に行くことにした。

「ガンダルバンは城に少し不在にすると連絡をしておいてくれ」

「それは構いませんが……」

温泉に入る文化がないのか、皆が困惑している。

だが、俺は温泉に入るのだ！

「温泉！　僕も行くよ！」

ヤマトも温泉に行く気になってしまった。

「あの、私もいいかな？」

「ヤマトはともかく、イックシマさんなら大歓迎だよ」

「僕の扱いが酷い！」

「冗談だ、冗談」

そんなジト目するなよ。


屋敷の管理もあるから、全員で行くわけにはいかない。

申しわけないけど、コロン、カロンに留守番をしてもらう。

「二人には悪いけど、ちょっと行ってくるよ」

「私たちのことは気にせず、楽しんできてください」

「いってらっしゃいませ」

同行するメンバーはいつものガンダルバン、バース、ジョジョク、リン、ソリディア、ロザリナ。

そこにヤマトとイックシマさん、そしてアンネリーセだ。


王都を出て北東へ進み、夕方近くに最寄りの町に到着した。

「このクーサツから少し行くと、地下からお湯が湧き出しているそうです」

その日はクーサツの町に逗留し、翌日朝一でお湯が湧き出している場所へ向かうことにした。

クーサツで情報収集！

「あのお湯は駄目だに。臭いし、場所によっては毒ガスが出てるだに。この町の者は誰も近づかないだに」

宿の亭主に聞いたら、お湯が冷めても飲み水に使うこともできないものらしい。

毒ガスはおそらく硫化水素かそれに類似するものではないかな。さすがに硫化水素は危ないけど、出ているのは一部の場所だけらしいから、危険かどうか現地で判断しよう。


翌日、朝早くから温泉探しに出かける。

硫化水素が危ないので、詳細鑑定を小まめに発動させて進む。

湯気が立ち上っている場所が所々に見られる。これは期待できるぞ！


「あった！」

三時間ほど探して温泉を発見した。詳細鑑定でも強酸性の温泉だと出た！

「これが温泉ですか……」

バースがお湯に手を入れようとする。

「待て！」

「熱っ!?」

「遅かったか、それは源泉だから温度が九十五度もあるんだ」

だから四十度近くまで冷まして入らないといけない。そういう時は……。

「ヤマト。入れるようにしてくれ」

「僕!?」

「お前、アイテム生産師だろ?」

「そうだけど」

「じゃあ、がんばれ」

「雑!?　その丸投げ感が雑すぎるんだけど!」

ぶつぶつ言いながらも、動いてくれる。口には出さないけど、感謝してるんだよ。

一時間ほどでヤマトとガンダルバンたちが風呂場を造ってくれた。それがまたいい感じの温度になっているんだ。ヤマトよ、よくやった!

目隠しはアイテムボックスに入れてある大きな箱を積み上げただけ。

「大体四十二度にしてあるから、寒い中で入るには丁度いいと思うよ」

「さすがはヤマト!　褒めてつかわす!」

「どこの殿様!?」

「お前は知らないかもしれないけど、俺はこれでも貴族だぞ」

「あー、男爵様だったね」

「フフフ。たまにしか使わないけど、それなりに権力があるらしいぞ、これ」

「平民からしたら、結構な権力ですけど!」

ヤマトとのバカ話も悪くないが、せっかくの温泉に浸からせてもらおう。

「あぁぁぁ、気持ちいい～」

皮膚が少しピリピリするが、これがこの温泉の泉質なんだよ。

効能は神経痛、筋肉痛、関節痛、五十肩、運動麻痺、関節の強張り、打ち身、挫き、慢性消化器病、痔疾、冷え性、病後回復、疲労回復、健康増進、慢性皮膚病、動脈硬化症、切り傷、火傷、虚弱児童、慢性婦人病、糖尿病・高血圧症。

詳細鑑定で見た限り、結構な数の効能だ。

「トーイ様……ピリピリします」

「それが体にいいんだよ、アンネリーセ」

白く濁ったお湯にアンネリーセのOPPAIが浮かんでいるんですが!?

素晴らしい光景だ。

アンネリーセのOPPAIを見ながら、効能について教えてあげる。

「本当は一カ月とか湯治するのがいいみたいだけど、そんな時間はないから今を楽しもうよ」

「はい。ピリピリも慣れると気持ちよいものですね」

「うんうん。本当に気持ちいいね」

俺がこの世界にやってきてまだ数カ月しか経ってないが、色々なことがあったな。

最初は今にも死にそうな老婆のアンネリーセを勢いで購入してどうしたらいいかと思ったが、そのアンネリーセが実は絶世の美女だった。

今でもアンネリーセは以前穿いていたパンツで、俺の装備の手入れをしてくれる。

そんなアンネリーセの今の下着は、ゴルテオ商会で作ってもらった現代風のものだ。

レースのスケスケのものから、紐しかないようなものまであり、俺の目を楽しませてくれる。

風呂での何もつけていないアンネリーセもいいが、色っぽい下着をつけたアンネリーセにも欲情してしまう。

そんなアンネリーセを呪って老婆に変え、さらにわざと事故を起こして奴隷に落としたグリッソムも倒した。

もう、アンネリーセは奴隷でもなければ、犯罪者でもない。今後は過去ではなく、未来だけを見て進めるはずだ。

その未来に、俺はアンネリーセの横にいるのだろうか。いや、いる！　俺はいつまでもアンネリーセと一緒にいるんだ。

「いつまでも一緒だ」

あ、つい口に出てしまった。

「はい。いつまでも……」

アンネリーセが俺の肩に頭を置く。

「俺のことを見捨てないでいてくれるか」

「そんなことはしません。私の身も心も全てはトーイ様のものです」

「もう奴隷じゃないんだが……だけど、嬉しいよ。アンネリーセ」

彼女を抱きしめる。

徐々に彼女の顔が近づいてくる。俺の顔も近づいていく。

柔らかそうな唇だ。

アンネリーセの唇は柔らかかった。

筆舌に尽くしがたい柔らかさだ。

このままこの柔らかさをいつまでも感じていたい。

ああ、ここは天国だ。

俺は幸せになる。いや、もう幸せを手に入れている。そしてこれからも幸せだ。

死という自然の摂理によって引き裂かれるまで、俺たちは決して離れないだろう。

アンネリーセ……俺は永遠に君を愛することを、ここに誓う。

隠れ転生勇者

〜チートスキルと勇者ジョブを隠して第二の人生を楽しんでやる!〜

トーイ

さやか

赤葉

グリッソム

グリッソム悪魔版

隠れ転生勇者
～チートスキルと勇者ジョブを隠して第二の人生を楽しんでやる！～

隠れ転生勇者 ～チートスキルと勇者ジョブを隠して第二の人生を楽しんでやる！～ 3

2024年7月25日　初版第一刷発行

著者　なんじゃもんじゃ
発行者　山下直久
発行　株式会社KADOKAWA
〒102-8177　東京都千代田区富士見2-13-3
0570-002-301（ナビダイヤル）
印刷・製本　株式会社広済堂ネクスト
ISBN 978-4-04-683825-4 C0093

企画　株式会社フロンティアワークス
担当編集　齊藤かれん（株式会社フロンティアワークス）
ブックデザイン　AFTERGLOW
デザインフォーマット　AFTERGLOW
イラスト　ゆーにっと

本シリーズは「小説家になろう」（https://syosetu.com/）初出の作品を加筆の上書籍化したものです。

ファンレター、作品のご感想をお待ちしています

宛先
〒102-8177　東京都千代田区富士見2-13-3
株式会社 KADOKAWA　MFブックス編集部気付
「なんじゃもんじゃ先生」係「ゆーにっと先生」係

二次元コードまたはURLをご利用の上
右記のパスワードを入力してアンケートにご協力ください。

https://kdq.jp/mfb
パスワード
4u6as

● PC・スマートフォンにも対応しております（一部対応していない機種もございます）。
●アンケートにご協力頂きますと、作者書き下ろしの「こぼれ話」が WEB で読めます。
●サイトにアクセスする際や、登録・メール送信時にかかる通信費はご負担ください。
● 2024 年 7 月時点の情報です。やむを得ない事情により公開を中断・終了する場合があります。

MFブックス既刊

アラフォー賢者の異世界生活日記 ①～⑲
著：寿安清／イラスト：ジョンディー
40歳おっさん、ゲームの能力を引き継いで異世界に転生す！

アラフォー賢者の異世界生活日記 ZERO ーソード・アンド・ソーサリス・ワールドー ①
著：寿安清／イラスト：ジョンディー
アラフォーおっさん、ＶＲＲＰＧ（ソード・アンド・ソーサリス）で大冒険！

名代辻そば異世界店 ①～②
著：西村西／イラスト：ＴＡＰＩ岡
一杯のそばが心を満たす温かさと癒やしの異世界ファンタジー

泥船貴族のご令嬢～幼い弟を息子と偽装し、隣国でしぶとく生き残る！～ ①～②
著：江本マシメサ／イラスト：天城 望
バッドエンドから巻き戻された２度目の人生、今度こそ弟を守ります！

モブだけど最強を目指します！ ～ゲーム世界に転生した俺は自由に強さを追い求める～ ①～②
著：反面教師／イラスト：大熊猫介
極めたゲーマーはモブキャラから最強を目指す!?

転生令嬢アリステリアは今度こそ自立して楽しく生きる ～街に出てこっそり知識供与を始めました～ ①～②
著：野菜ばたけ／イラスト：風ことら
知識を伝えて、みんな自立して幸せになります！

竜王さまの気ままな異世界ライフ ①
著：よっしゃあっ！／イラスト：和狸ナオ
最強ドラゴンは異世界でのんびりライフを満喫……できるのか!?

無能と言われた錬金術師 ～家を追い出されましたが、凄腕だとバレて侯爵様に拾われました～ ①～②
著：ｓｈｉｒｙｕ／イラスト：Ｍａｔｓｕｋｉ
仕事もプライベートも幸せ！ 凄腕錬金術師のリスタート物語♪

左遷されたギルド職員が辺境で地道に活躍する話 ①～②
著：みなかみしょう／イラスト：風花風花／キャラクター原案：芝本七乃香
解き明かす者『発見者』のギルド職員、頼れる仲間と世界樹の謎に挑む――！

スキル【庭いじり】持ち令嬢、島流しにあう ～未開の島でスキルが大進化！ 簡単開拓始めます～ ①
著：たかたちひろ／イラスト：麻谷知世
島流しから始まる開拓ライフ!? スキルで楽しい島暮らし始めます！

勇者な嫁と、村人な俺。～俺のことが好きすぎる最強嫁と宿屋を経営しながら気ままに世界中を旅する話～ ①
著：池中織奈／イラスト：しあびす
結ばれた二人と、魔王討伐後の世界。――これは、二つの〝その後〟の物語。

屍王の帰還 ～元勇者の俺、自分が組織した厨二秘密結社を止めるために再び異世界に召喚されてしまう～ ①
著：Ｓｔｙ／イラスト：詰め木
再召喚でかつての厨二病が蘇る？ 黒歴史に悶える異世界羞恥コメディ爆誕！